光神

黃易

經典・玄幻系列③

天地
www.cosmosbooks.com.hk

書　　名　光　神
作　　者　黃　易
責任編輯　陳幹持
美術編輯　郭志民
封面插圖　葉偉青
出　　版　天地圖書有限公司
香港皇后大道東109-115號
智群商業中心15字樓（總寫字樓）
電話：2528 3671　傳真：2865 2609
香港灣仔莊士敦道30號地庫／1樓（門市部）
電話：2865 0708　傳真：2861 1541
印　　刷　亨泰印刷有限公司
柴灣利眾街德景工業大廈10字樓
電話：2896 3687　傳真：2558 1902
發　　行　香港聯合書刊物流有限公司
香港新界大埔汀麗路36號中華商務印刷大廈3字樓
電話：2150 2100　傳真：2407 3062
出版日期　2018年6月／初版

ISBN：978-988-8258-75-8

目錄

第一章

名人自殺

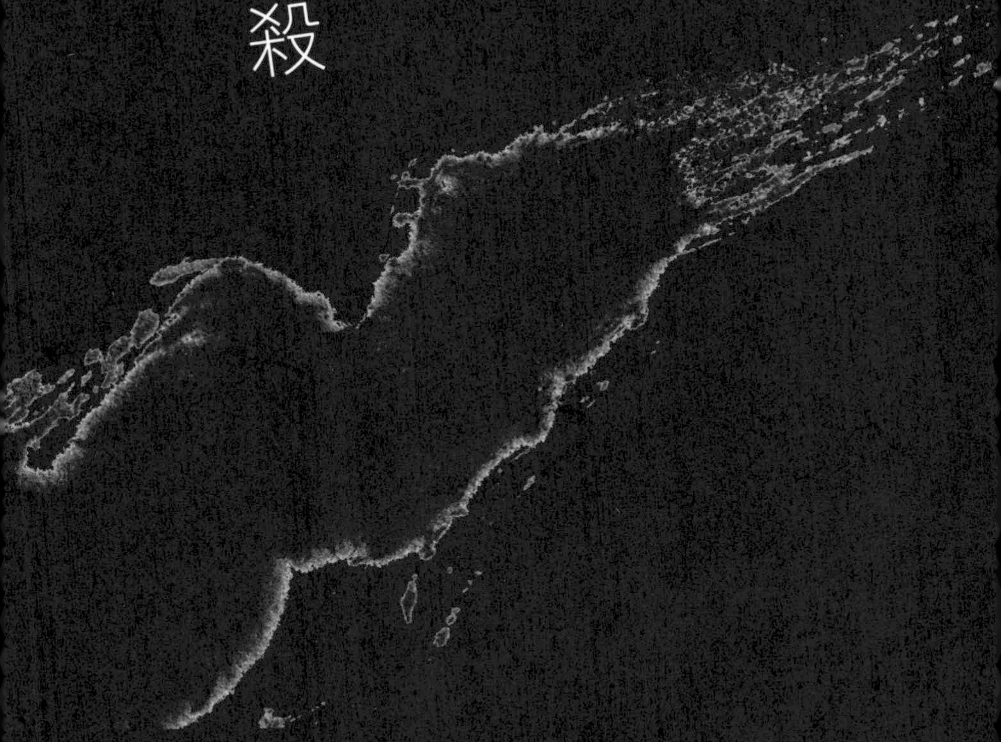

一九九三年七月七日，早上八時三十分。

美雪姿癡癡地呆望着鏡中如花似玉的顏容，這臉孔的一言一笑，令眾生顛倒迷醉，成為千千萬萬影迷的夢中情人。

可是她這位名滿國際的首席豔星，使富商巨賈、貴家公子爭逐裙下的美女，現在卻是如此惘然。

她已失眠了一整夜。

生存究竟有何意義可言？

人性的醜惡令她不忍卒睹，她為甚麼到這一刻才明白？而且是那樣徹底地明白？

是的，因為那個美麗的經歷。

她緩緩站起身，推開門，走出植滿鮮花的華麗陽台，攀過圍杆，跳了下去。

從她在紐約曼克第十一街三十樓的華宅跳了下去。

她的自殺震驚了全世界。是自瑪莉蓮夢露以來最轟動的自殺新聞。

沒有人明白事業如日中天的她，為何會幹這等傻事？

那是一個謎。

田克駕着他掛滿從各項世界性比賽贏回來的獎品——跑車，以超過百哩的時速，在高速公路上疾馳，在精湛的技術下，他逢車超車，完全不理交通號誌的指示，向羅馬的市中心狂駛而去。

警車的尖嘯聲在車後狂叫，拚命追趕。

路上的交通亂作一團，其他的車輛為了閃避田克橫衝直撞的跑車，有些剷上了人行道，有些衝向了大樹，有些煞車不及，撞上了前面為閃避田克而停下的車輛。

田克完全失去了理智。

跑車的速度不斷增加。

市中心聖彼得大教堂前的廣場赫然在望。

跑車沒有絲毫遲疑，把速度增至極盡，「轟」一聲，直衝上滿佈遊人的廣場裏去。釀成十一人死、二十人傷的大慘劇。

垂死的田克被拖出焚燒着的跑車時，口中還在叫道：「我要殺盡你們！」跟着即時死去。

十八天前他才剛贏取了歐洲格林威治大賽的冠軍寶座。這事發生在美雪姿自殺後三小時。

英國著名的諾貝爾文學獎得主白殿戈，在同日的黃昏，在他倫敦的寓所內割腕自殺，被送到醫院時，情況仍未至不能挽回的地步，但出乎所有對他進行急救的醫生的意料之外，他的情況一直惡化下去，延至當夜十一時終於不治，這位以文章驚世的大作家，沒有為他的厭世留下隻字片語。

事後與事的醫生一致認為白殿戈的死因，不在於他自殺的傷勢，而在於他完全喪失了生存的意志和慾望。

白殿戈一向主張積極進取的哲學，絕無任何自殺的傾向，為何會發生這種事？

沒有人能明白。

白殿戈死後二十四小時內，另有三位名人自殺。

他們分別是日本的首席富豪宮本正、德國的物理學家翟化文、美國的眾議員——出色的政客哈拉。

他們每一個人都是出色當行、頂尖兒的人物，極負盛名。

事發後，世界震駭莫名。

美麗的卓楚媛望着枱上的六份檔案，由左至右，依次是美雪姿、田克、白殿戈、宮本正、翟化文、哈拉。是依他們自殺的先後排列。

現在是八月二十八日，他們自殺後一個月又二十一天。

這是紐約國際刑警美國分部的機密議事廳，除了身為特別行動組的卓楚媛外，另外還有四名男子，都是國際刑警的首腦人物。

坐在主席位置、臉相威嚴的美國人馬卜，是國際刑警的總司令，最高統帥。正對卓楚媛的是德國人金統，美洲區的區指揮官，身材健碩、意態豪雄。金統旁邊的是法國紳士文西博士，文質彬彬，是精神學的專家。坐在卓楚媛右邊的是特別行動組的主管威爾先生，也是她的直屬上司。

馬卜以主席身份，說了開場白後，便由卓楚媛發言。

卓楚媛整理一下思路，道：「這六個自殺案發生在不同的國家，表面看來，除了在時間上的脗合外，應該是一點關係也沒有。」說到這裏停了下來，環顧眾人。各人卻都是面無表情，不露半點消息，使她感到一股無形的壓力，緊緊迫壓着她。

卓楚媛繼續說：「我開始時，是應英國蘇格蘭場之邀，調查諾貝爾得獎者白殿戈的自殺案，看看有否政治暗殺的成份，因為白殿戈一向鼓吹人權和反對國際上的恐怖主義。」

金統打斷她道：「卓主任，妳寫的報告我們已經看過，請盡量簡略一點。」此君的鷹勾鼻、明顯的深邃雙目精光閃閃，予人極難應付的感覺。是國際刑警中聲名顯赫的人物。

受到金統無禮的打斷，卓楚媛升起一股怒火。

國際刑警的最高負責人馬卜先生，以主席的身份發言道：「卓主任，請依照金先生的指示。」

這似乎像一個審判多於像一個會議。

威爾解圍道：「楚媛，這次會議的目的，就是希望能對事情達成一致的看法，以決定下一步的行動，而妳是第一個提出這六件個案是有關聯的人，所以大家都希望先聽妳的意見。」

卓楚媛深深地吸入一口氣，道：「這六件個案同時在四十八小時內發生，而且都是世界知名的人士，使我不得不下了一番工夫，透過各地的警方，取得有關的資料，加以比較。」

金統不客氣地道：「妳報告中最主要的論據，不外乎三點：就是時間上的脗合、知名度以及每一位自殺者死前都曾失蹤過一段短時間。我認為這些論點實在是太薄弱了。這六件個案的不同處，其實遠比相同處為多：首先，他們自殺的地點天南地北，絕沒有絲毫關係；其次，自殺的方式也大不相同，使人難以將他們連想在一起；第三，也是最重要的一點：就是各地警方認為每一件個案均絕無可疑成份，他們每一個人都是純粹出於個人的自殺行動。所以我認為再深入調查此事，徒然浪費人力。」這金統老辣非常，不正面駁斥卓楚媛的說法，只以反證的手法來證明她的論點不成立。

卓楚媛從容道：「金統先生未曾對事情作深入了解，這樣想也是理所當然，因為實在很難想像任何人或團體會同時在不同的地方，進行這般勾當，怎麼能做到？為何要這樣做？有甚麼目的？」

這番話淩厲非常，金統臉色一變。

卓楚媛道：「疑點實在太多了。首先……」說到這裏，眼尾掃了金統一下，惹得金統悶哼一聲，座上各人知道她在模仿金統先前的語氣，都皺起了眉頭。

卓楚媛續道：「這六個人，每一位都恰好在事業的巔峰：田克自殺前兩個月，奪下了歐洲格林威治大賽的冠軍；白殿戈寫的小說在他死前十日賣出了第一百萬本；宮本正成功地收購了日本航空公司百分之五十一的股權，完成了多年的夢想；德國的翟化文發表了他震驚學術界對宇宙一元場的研究理論；美雪姿蟬聯兩屆影后；政客哈拉被提名競選下一任總統。」

會議廳內死一般的寂靜，等待卓楚媛說出她的推論。

她淡淡說道：「所有這些事都發生在他們六人自殺的前三個月內，無論在性質上或時間上，巧合的可能性，微乎其微。」跟着加重語氣道：「我敢斷言，這絕非巧合，他們一定是被精心揀選出來。」

會議廳的氣溫似乎忽地下降了幾度，令人有點不寒而慄。

是誰？為甚麼要揀他們出來？

卓楚媛強調道：「他們沒有一個人有自殺的理由，也沒有誰顯示出自殺的傾向，所以事情絕非表面上那般簡單。」

金統嘿然冷笑，表示絕不同意。

威爾雖默不作聲，不知怎的眼中竟有擔憂的神色，為甚麼？

主席馬卜沉聲道：「那妳是不是說這六位世界知名的人士都是被謀殺的？」

卓楚媛道：「不！他們確實是自殺。」

眾人愕然。

卓楚媛解釋道：「他們每一個人死前，都曾神秘失蹤過一段時間，宮本正的家人、美雪姿的經紀人、哈拉的助手均曾報了警。再者，他們失蹤的怪誕之處，亦是非常類似。像宮本正，他開完會議後，走進洗手間，再也沒有出來；美雪姿拍外景時，居然在拍一個駕車遠去的鏡頭時，就此一去不返；哈拉更為離奇，進入了他的專用升降機後，從此蹤影全無。其他三人雖不知是否有如此離奇的遭遇，但經我仔細詢問他們周遭的人，死前那數日內的確沒有人曾見過他們，所以可以假定他們在那段時間內，也是失了蹤。他們再出現時，便自殺了，沒有人知道他們從哪裏冒出來？曾到過哪裏？單是這點，便值得我們作深入調查。」

金統挑戰地道：「事情確實是巧合了一點，但這世界上巧合的事何其多，連妳也承認他們是自殺的，我們還有甚麼追查下去的理由？令人自殺並不足以構成罪名。何況妳現在仍是完全在憑空推想的階段，一點較具體的證據也沒有。」

卓楚媛狂壓怒火，這金統打從一開始起，便敵意甚濃，照理此人一向以英明偉略著稱，沒有理由像現下這般橫蠻無理，箇中原因耐人尋味。

卓楚媛沉聲道：「如果證據確鑿，這個會就可以省掉了。根據以上的推論，我敢大膽地說，這六人的失蹤，有一個令人難解的關聯，他們失蹤的那一段日子，必然遭遇了驚人的異事，種下了他們自殺的原因。」

這個推論合情合理，她很難想到他們反對的理由。而馬卜和她的上司威爾，都是明理之人，一定不讓金統胡來。

金統冷笑道：「看來他們也是遇上了上古的邪異生物：月魔了。」

卓楚媛愕然望去，剛好迎上了滿面嘲諷的金統。

與會各人均面無表情，威爾避開了她的眼光。

卓楚媛忽地明白了關鍵所在，明白了這個會議火藥味的來源。

三個多月前，她在淩渡宇的協助下，從被一種深埋地底的生物控制了靈智的以國特務紅狐手上，奪回了埃及的國寶「幻石」，其實那是該種邪惡生物「月魔」藉以吸取月能的媒介，意欲重返地面，統治世界（見《月魔》一書）。對這整件事，卓楚媛寫了份非常詳盡的報告，在國際刑警的最高層傳閱。眼前這幾位仁兄，包括看重自己的威爾在內，不問可知，都不相信「月魔」的存在，當那是一派胡言，自己在他們眼中，可能只是個失心瘋的人，所以他們才會以那種態度對她。

卓楚媛心中泛起強烈的失望，一種對人類不能接受新觀念的悲哀。

她想到淩渡宇的不凡，可惜這可恨又可愛的人，不知躲到了哪裏去了，她想盡辦法也尋他不着。

國際刑警的最高領導人馬卜的聲音似乎在遙不可及的遠方響起道：「卓主任，文西博士是我們『精神研究科』的主管，也是『超心理學』(PARAPSYCHOLOGY) 方面的權威，所以我特別請他來和妳談談。」

卓楚媛茫然抬頭，文西博士正有點不自然地向自己微笑。

超心理學是一門本世紀才興起的專門學問，脱胎於十九世紀盛極一時的「心靈學」，專事研究所有超常現象，有系統地探索現代科技無法作出圓滿解釋的生物體現象，即所謂「特異功能」。

文西博士溫文一笑，道：「卓主任，我們人類對於自己，畢竟還是非常無知，很容易把精神上的異象，附會於鬼神身上……」

這文西博士溫文儒雅，予人好感，可惜現在他這樣說，正是直指卓楚媛盲目地把人的精神異象附會作月魔的存在，不啻火上加油，卓楚媛按捺不住，霍地站起身來，冷然道：「這個會議並非是要討論月魔的存在與否，我只要你們告訴我，這件案子是否需要繼續追查下去？」

文西博士忙道：「卓主任，請聽我一言……」

威爾同時道：「楚媛……」

金統面有得色。

卓楚媛舉手阻止他們的發言，望向這次會議的主席馬卜，等待他說出答案。

馬卜嘆了一口氣，緩緩說道：「卓主任，妳是我們最優秀的人員，但是月魔一案對妳影響實在太大，我們一致地認為妳應該休息一段時間。」

威爾接口道：「楚媛，我們私下談談好嗎？」

卓楚媛忿然道：「多謝你的好意，不過，需要心理治療的是你們，而不是我。」話鋒一轉，續道：「月魔對我的影響太大了，起碼大過你們對我的影響，所以我決定繼續追查真相，但請記着，我這樣做，不是為了證明誰對誰錯，也不是為了國際刑警，而是為了人類的和平與幸福。」跟着望向威爾道：「我先在這裏向你提出口頭上的辭呈，遲些再補上白紙黑字。其實我還有一些相當重要的資料，不過看來說不說也沒有分別了，不是嗎？」說完後筆直地離開會議廳。

看着她的背影，馬卜搖頭不語，威爾神情焦慮，文西博士嗒然若失，金統嘿然冷笑。表情雖異，但每個人都在嘆息卓楚媛的失去常性，進入自我毀滅的道路。

第二章

神秘電光

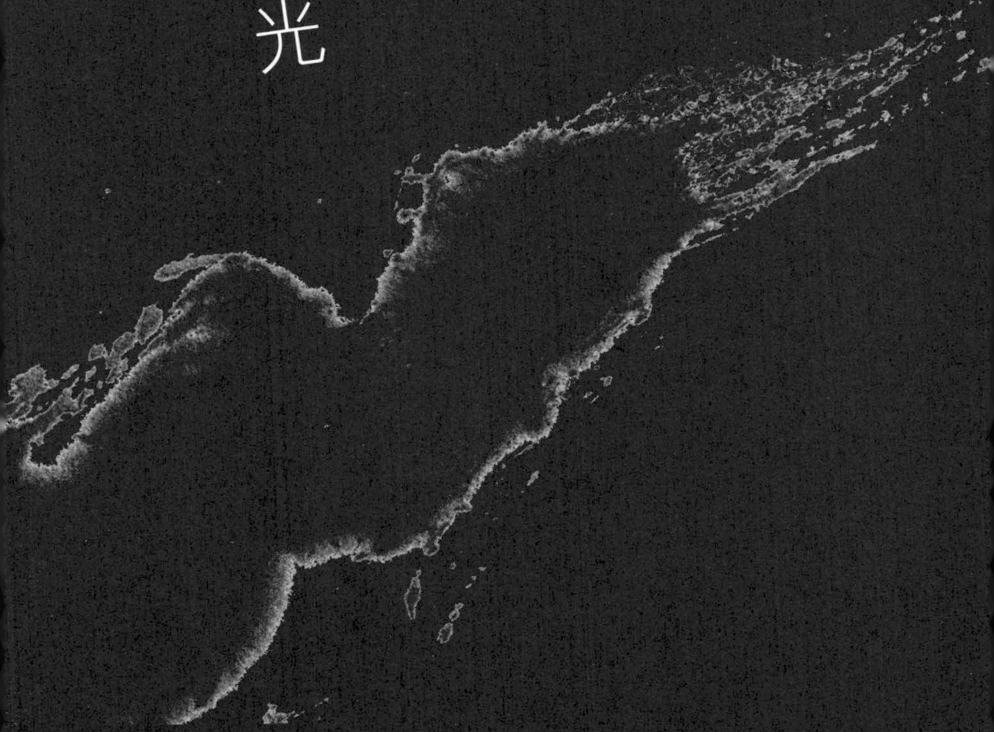

卓楚媛抱着大包小包剛從百貨公司買回來的東西，推開寓所的大門，衝了進去。

客廳的電話不斷響叫。

卓楚媛一把將手上的東西拋在沙發上，拿起電話，叫道：「誰？」

話筒傳來一把沉厚的男音道：「媛！是我！凌渡宇。」

卓楚媛歡呼一聲，叫道：「天！你在哪裏？我足足找了你兩個多月……」

凌渡宇在電話線的另一端深沉一嘆，道：「確實發生了很多事，我還以為妳仍在北歐，打電話去，才知妳到了美國。」

卓楚媛一聽到凌渡宇的聲音，欣悅若狂，早將今天和馬卜等人開會的不如意事，忘個一乾二淨，喜道：「你現在在哪裏？我立即去見你。」

凌渡宇驚訝道：「妳不用工作嗎？我還以為妳忙得透不過氣來了。」

卓楚媛故作神秘地道：「本來是的，不過我已把我的老闆撤了職，還我自由，以後再也不用受人閒氣了。」想起今天的事她便悲憤莫名，所以離開會議廳後，一口氣在紐約的時裝店買了五套衣服，又把頭髮剪短，氣才消了一點，此刻再聽到淩渡宇的聲音，一下子便把與她兩人無關的一切事拋於九天之外，只希望可以快些見到這個令她刻骨銘心的男子。

淩渡宇呆了呆，才道：「我目前身在南美……」

卓楚媛嬌聲道：「不用急，待我取筆來……啊！那是甚麼！我甚麼也看不到……」

淩渡宇在電話的另一端叫道：「媛！甚麼事？究竟發生了甚麼事！」

「啊！」那是卓楚媛最後的叫聲，一切重歸沉寂。

除了一種奇怪的「吱……」一聲。

垂下的電話筒，不斷傳來淩渡宇微弱但撕心裂肺的呼叫。

卓楚媛失蹤後半個小時，接到當地警方的通知，馬卜、金統和威爾先後抵達現場。

十多位當地警方的專家，正仔細地進行搜查，印取指模等工作。

馬卜臉色陰沉，向金統和威爾道：「這會否是卓主任不滿我們今早決定不再調查六位名人的自殺案，氣忿起來，一手自導自演的惡作劇？」

威爾急道：「不會！我最清楚她的為人。」

金統陰惻惻地道：「不！你只是清楚她以前的為人，不是現在的她。」

威爾氣得面孔通紅，金統言外之意，是指卓楚媛已因月魔一事失去常性。

金統毫不留情，步步進逼道：「否則為甚麼那報警的人，不肯表露他的身份？」

威爾反駁道：「報警怕惹麻煩而不說出身份者大有人在，怎可以此作定論？」

金統嘿然冷笑道：「如果不是她自願失蹤，為何一點線索也沒有留下？」

威爾一時啞口無言，絕大多數的擄人案，都會留下一點痕跡，例如掙扎損毀的物件，尤其是要擄走像卓楚媛這樣受過嚴格訓練的人，幾乎是不可能像現在那樣。

馬卜斷然道：「無論如何，這件事我們絕不插手，留待紐約警方去處理。」

威爾臉色大變，還要再說，馬卜打斷他道：「不要再說了，事情便這樣決定。」

一股怒火燒上威爾的心頭，不！即使這世界只剩下他一個人，他也要把卓楚媛找回來。沒有人比他更清楚卓楚媛的性格，她絕不會幹這類無聊事，一定是出了事。

另一股寒意升上他的心頭，她是否也像那六位名人一樣，極可怕的事，已發生在她的身上？

她再出現時，是否會步上自殺之途？

卓楚媛逐漸回醒，那像是從一條黑漆漆的通道，走了出來。

一時之間，她茫然不知發生了甚麼事。但她畢竟不是一般女流，而是國際刑警中出類拔萃的人物，立即記起了昏迷前的事情：她正在紐約的寓所和淩渡宇通電話，忽然屋內出現了一道強光，令她甚麼也看不到，就像天上劃破夜空的閃電，驀地駕臨屋內，跟着是無以名之的奇怪感覺，勉強要形容的話，就像是整個人分解開來，變成一粒粒的分子，再化成一束束的光線，身體的物質化整為零，她已感實不到自己身體的存在，剎那間溶入了強光裏，驚人的痛楚，使她昏迷過去。

那也是她最後的感覺。她現在已完全清醒。

嚴格的訓練，使她並不立即張開雙眼，反而留神去聽，一種奇怪的聲音立時傳入耳內。

是人的呼吸。

她猛地張開雙目，一個詭異的情景，出現眼前。

在昏暗的光線下，她躺在一張地氈上，十多雙人的眼睛，高高在上地向她俯視，閃爍着瘋狂的火熱。

這些人全身都裹在寬大垂地的黑袍裏，連面孔也遮起來，只露出野獸般的眼睛，但卓楚媛肯定那是人類的眼睛。頭罩的頂端，繡了一道白色的電光，就像那劃破夜空的閃電。

這些人一言不發，圍成一個大圈，卓楚媛就躺在圓周的中心。

卓楚媛呻吟一下，這時才發覺全無束縛，可以自由活動，不禁喜出望外，嬌叱一聲，整個人彈了起來。

她一跳起身來，立知有點不對勁，因為四周的黑袍人立時一齊狂笑起來，有若噩夢中的可怖情景。

卓楚媛沒有思索的時間，右腳全力踢出，目標是一個最接近的黑袍人。

腳才踢出一半，驚人的異事發生了。

她又看到那道電光。

甚麼也看不到。

一道懾人心神的閃電，忽爾充斥在她身處的空間，天地盡是強烈的電芒。

接着心跳力竭，全身力量消去。

卓楚媛虛弱地跌回地氈上，在昏過去前，心中狂叫：淩渡宇，她至愛的男人。

卓楚媛失蹤後兩天的早上。

冷汗從淩渡宇的額頭流下，超人的靈覺，使他在卓楚媛呼喚他名字的時候，和遠方某地卓楚媛的思感連結在一起。

一道炫人眼目的電光，劃破他心靈的夜空。

「上帝之媒」的經驗，使他自幼受密宗訓練的心靈，超感官的靈覺，更為深遠遼闊（見《上帝之謎》一書）。

他強烈地感到卓楚媛的痛楚與無奈，心田猛地抽緊，超人的靈覺倏然消失。

一股眼見所愛的女人受難卻無能為力的感覺，使他痛苦大叫。

纖纖玉手溫柔地搭上他的肩膊，輕軟的女聲問道：「先生，你怎麼了？」

凌渡宇張開一對虎目，接觸到空姐焦慮的眸子。

前面座位的乘客都回過頭來看他，他的大叫令人震駭。

凌渡宇呆了兩、三秒，才不好意思答道：「噢！我睡着了，作了個噩夢，對不起！」

空姐走開後，凌渡宇的心神又回到卓楚媛身上。

他雖然報了警，卻不肯表露自己的身份，一方面是因他從不信任警方的能力，但更重要的是：他的第六感毫不含糊地告訴他，極可怖的事，已發生在卓楚媛的身上，那並不能依照一般的方式去處理。

最令他震驚的地方，並非事情的離奇，更困難的情形也不能使他氣餒，他最震駭的是：當他和卓楚媛的靈覺連在一起時，看到那驚人的電光，但卻感覺不到任何生命。那即是說：那道電光，非是任何生物弄出來的東西。

那究竟是甚麼？

報警後，他透過自己身為其中一員的「抗暴聯盟」在紐約的聯絡人，找到了卓楚媛的上司威爾，後者出奇地合作，使他清楚事情的始末，他現在就是在前往紐約的途中。

飛機飛臨紐約上空，開始降落的程序。

威爾有點緊張地望着走出來的旅客，等待心目中的人。

一個身材健碩、容顏俊發的中國人，大步走了出來，威爾連忙迎了上去。

威爾一邊伸手和他相握，一邊道：「凌先生，幸會幸會。」他特別注意到這位以精神力量著稱、不斷創造奇蹟的中國人，眼神特別銳利懾人，有一種透視人心的異力。

凌渡宇淡淡笑道：「威爾先生，說老實話，我並不想與你『幸會』。」

威爾神情一黯道：「楚媛出了事，我也很難過，她是我最好的助手和朋友，我很後悔當日在會議上沒有支持她。」

兩人邊走邊說，來到了機場側的停車場，坐進了威爾的大房車內。

大房車在街道上疾馳。

凌渡宇道：「有沒有人知道我到紐約來？」

威爾道：「除了我之外，沒有人知道你的行蹤。」

凌渡宇滿意地點了點頭，道：「很好，這是非常重要的，那天我在電話中『聽』到楚媛發生了意外，立即報警時，用的也是假名。現在我的身份是一名專為報刊寫旅遊專欄的記者，貨真價實，童叟無欺。」

凌渡宇的「抗暴聯盟」神通廣大，弄個假身份給他，可説輕而易舉。

威爾忍不住問道：「我了解保持神秘，可收奇兵之效。但我不明白為甚麼你要我連國際刑警也瞞了過去？」

凌渡宇微微一笑道：「假如可以的話，我很想連你也瞞過去，但那是不可能的，我需要你的幫助。至於原因，待我把事情辦妥後，再告訴你吧。」

威爾把房車停在街角，道：「楚媛出事的地點，就是對街那所大廈，這是曼哈頓的高級住宅，保安相當不錯，楚媛失蹤那日的該段時間內，看門的司閽發誓説沒看到陌生人進入大廈內，也沒看到任何人離開，而事後我們國際警方曾派專人仔細調查屋內外各處，一點異常的線索也找不到，使我們一籌莫展。」頓了一頓又問道：「你是否仍要察看現場？」

凌渡宇肯定地道：「當然要！」

威爾神色有點不自然地道：「你是否在懷疑我們的能力？」

凌渡宇笑而不答，推門而出道：「我們上去吧，不是要爭取時間嗎？」

卓楚媛的住所，是該三十層高大廈的二十八樓，這時門前有一位警察在把守。

進入屋內後，凌渡宇很仔細地察看每一個地方，連電線、電掣、電器和屋外的電錶也不放過，好一會才道：「我發現了一點奇怪的地方，卻沒聽你提到。」他們曾通了多次電話，商量營救卓楚媛的方法。

威爾愕然，他也是這方面的專家，而凌渡宇居然可以在他們毫無發現後，一下子找出線索來？

凌渡宇並沒有留意威爾的尷尬，直言道：「你看！屋內所有塑膠的製成品，都有輕微的變形。」他順手拿起了一個塑膠水杯，威爾定睛一看，水杯的下圍不自然地漲大了少許，不留心確實是很難察覺。他的視線跟着凌渡宇的指引，發覺屋內的電線也有同樣的現象，有種膨脹後的鬆軟感，因為極其輕微，所以他們早先的調查人員都看漏眼了。

這代表了甚麼？屋內怎會有能令塑膠變形的高熱？

凌渡宇又把一個插頭從電掣裏拔出來，電插的黃銅呈灰黑色，那是電力負荷過重的徵象。

凌渡宇道：「當日楚媛掛斷電話時，我仍可以聽到屋內的聲音，當時有一種奇怪的『吱吱』聲，我事後回想起來，那像極了高壓電流的聲響，現下證明我的猜想很有道理。」跟着皺起了眉頭道：「但為甚麼會這樣？」屋內好端端的為甚麼會出現高壓電流？

「啊！」威爾叫了出來，神情怪異。

凌渡宇訝然望向他。

威爾幾乎是叫着道：「楚媛失蹤的同時，整幢大廈發生了一次停電，據大廈的管理人說，那是因為大廈總掣房內的水器掣無端跳掣，截斷了大廈的電流。管理人還說，以往只有在被強烈的雷電擊中大廈的避雷針，電流未能即時完全疏導進地表內，產生漏電的情形，才會發生這樣的停電。當時因為很難把這件事和楚媛的失蹤聯想在一起，所以對此並無深究。」

凌渡宇喃喃道：「為甚麼會這樣？」

事情愈來愈離奇，威爾一顆頭登時大了好幾倍。

凌渡宇轉過頭來道：「我要楚媛寫的那份有關六位名人自殺的報告和那天會議的錄音……」

威爾面有難色，猶豫道：「報告倒沒有問題，那份錄音卻是機密的會議記錄……」

凌渡宇截斷他道：「威爾先生，楚媛的失蹤，百分之九十九是和名人自殺案有關，可知事情的離奇，已完全超乎我們想像之外，楚媛的處境危險萬分，你再要依呆板的常規辦事，還不如回家養老。」

威爾想起了馬卜和金統的嘴臉，毅然道：「好！我依你。」其實自第一次凌渡宇和他通電話時，他就已下了決心，要和凌渡宇通力合作，把卓楚媛找回來。

卓楚媛又再醒過來，那是一個很大的房間，光線非常強烈，使她感到很不舒適，兼且她坐在一張冰冷的鋼椅上，手腳都給鋼鏈鎖着，更是難受。光源從後方射來，把她巨大的影子投射在前面有一道金屬門的牆壁上，有一種說不出的詭異神秘。

房間百多呎見方，除了那道金屬門外，空洞無物。左右兩旁的牆上，安裝了兩面足足有八方呎大的電視熒幕，不知有何用途？這樣大的熒幕，給人一種超時代的感覺。

卓楚媛難受得要叫出來時，兩旁的熒幕亮了起來。

威爾當日黃昏在一所餐廳再見到凌渡宇時，凌渡宇坐在餐廳的一個角落，他已把威爾早上交給他的錄音帶聽過三次。

威爾開門見山道：「怎麼樣？」

淩渡宇的眼神很奇怪，好像能直望進他的心靈內。

淩渡宇道：「這會議的記錄，除了與會的四個人外，是否有第五人知道？」

威爾毫不猶豫答道：「不會！這是機密會議，絕沒有其他人知道。」

淩渡宇話鋒一轉道：「你是楚媛的上司，參加會議，理所當然，馬卜身為國際刑警的最高統帥，亦是當然的參加者。但這件事為何又與金統那混帳以及那勞什子的文西博士有關？」

威爾聽到冠於金統和文西的形容詞，不禁啞然失笑，知道淩渡宇為卓楚媛打抱不平，看來他聽完會議錄音後，對與會各人均無好感，因為連自己在內，都不站在卓楚媛那一邊，想到這裏，心中升起一絲內疚，這並非表示他已相信了月魔的存在，而是他在悔恨自己因月魔一事，以致影響了對另一案件的判斷。

威爾答道：「楚媛那份對月魔的報告，在我們這方面引起了很大的震動，文西是這方面的專家，所以馬卜要他為整件事作出評估。」

凌渡宇淡淡笑道：「這些所謂專家，除了空談理論外，還懂些甚麼？」文西的結論，不問可知是全盤否定了月魔的存在，導致眾人懷疑卓楚媛的能力。那即是說，由一開始，馬卜、威爾等人早把卓楚媛當作一個迷信玄邪的瘋子看待。

威爾尷尬一笑，避過對方的責難，道：「反而金統沒有一定來開會的必要，但他堅持他是美洲區的負責人，有權參加這個會議。」頓了一頓續道：「金統其實一直想取代我這個特別行動組總指揮的位置，這職位的職權不受地區限制，對金統來說最是多彩多姿的，所以一直虎視眈眈。楚媛月魔的報告一出，他立即大力抨擊，你知道……楚媛一向是我最得力的手下……」

凌渡宇道：「好了，假設真是這樣，楚媛的失蹤，就一定與你們四人其中之一有關。」

威爾駭然大震，雖然他也想過這個可能性，可是當淩渡宇說出來時，他仍禁不住吃了一驚。

威爾道：「我們四個人，全知道國際刑警決定不對名人自殺一事作進一步調查，所以即使楚媛表示不肯放棄，一個人能起多大作用？為何要擄去楚媛，以致打草驚蛇？」

淩渡宇沉吟片刻，道：「楚媛在會議結束前，曾說過『我還有些重要的資料，不過說不說出來也沒有分別』，問題可能出在這裏，她一定得到關鍵性的線索，某一方面不得不對付她，所以當與會的其中一人，知道她不肯放棄調查時，便立即對她採取行動。」

威爾在國際刑警中具有多年經驗，思想細密，提出了一個問題道：「照理說，假若有人要在神不知鬼不覺下擄走楚媛，則絕不需揀她和朋友通話的時間下手，這又為了甚麼？」

凌渡宇蹙起雙眉，也感大惑不解。就在這刻，一種危險的感覺湧上心頭，每逢有危險臨近時，他超人的感官便會產生感應。這種感覺屢次助他死裏逃生。

他銳利的眼光向餐廳四處搜索，這是晚餐時間，餐廳內坐滿了客人，卻沒有異樣的情形。

威爾奇怪地望着他，顯然不明白他為何神情如此古怪。

凌渡宇的眼光掃向掩着的大門，一切看來都是安靜和平。

威爾忍不住問道：「甚麼……」

威爾話還未完，凌渡宇右眼角的餘光忽感有異，他已來不及回答威爾，也來不及轉身，一把便將餐枱反轉向左側，同時豹子般竄伏往翻側的餐枱後，左腳閃電伸出，把威爾的椅子勾跌。

威爾猝不及防，葫蘆般滾倒地上。

枱面上的杯碟一股腦兒跌往地上，產生混亂之極的破碎聲。

餐廳內所有人的目光，一下子全集中在他們這一角。

同一時間，輕機槍的可怕聲音在右側響起，敵人從後門進入餐廳內。

餐廳內尖叫四起，枱倒杯碎的吵聲，此起彼落。

威爾這時才明白凌渡宇在做甚麼，正要拔出佩槍，左肩已被擊中，子彈的衝擊力，把他整個人帶得向後跌去，砰一聲背部撞在身後的牆上，威爾心中大叫：我命休矣！

凌渡宇早拔槍在手，一見威爾形勢危殆，顧不得反擊，把圓枱像車輪般轉動，將威爾掩護在枱後。

機槍向他們瘋狂亂掃，所幸餐枱是以厚達四寸的堅硬柚木造成，眼下雖然給子彈射得木屑四濺，一時還不能穿透，但形勢危險萬分。

凌渡宇臨危不亂，左手拿着一張翻倒了的椅腳，運力一揮，椅子像砲彈般凌空向敵人投射過去，同一時間，他閃了半邊身往枱面外，手中槍嘴火光連閃，其中一個敵人被他命中額頭，向後仰跌，另一人手部中槍，踉蹌退後。凌渡宇反擊見功，連忙縮回枱面後，子彈隨即呼嘯而來，但火力明顯減弱。

事出突然，到現時為止，仍然弄不清楚敵方有多少人。

槍聲驀然靜止，只餘下空氣中濃烈的火藥味和傷者痛苦的呻吟聲。

凌渡宇望往枱面外，入目的是個戰後的災場，受傷或未受傷的人躺滿一地，鮮血濺上牆壁，怵目驚心，餐廳內看不到一件完整的物件。

敵人已經退走。

威爾臉色蒼白，但神情鎮定，道：「不要理我，我的傷並不足以致命，警方會照顧我，快些去把楚媛救出來！」

凌渡宇欲語無言，敵人的兇殘，出乎他想像之外，居然在這等公眾場所行兇濫殺，心中升起一股怒火。

警車的號叫在遠方響起，威爾急道：「還不快走！」

他明白威爾的意思，一個很大的陰謀正在進行中，甚至連國際刑警中也有內奸，當初他一和威爾接觸上，行動便在敵人的監視中，才有這次的遇襲，所以他一定要保持行蹤的神秘。

由現在開始，他要孤軍作戰了。

第三章

孤軍作戰

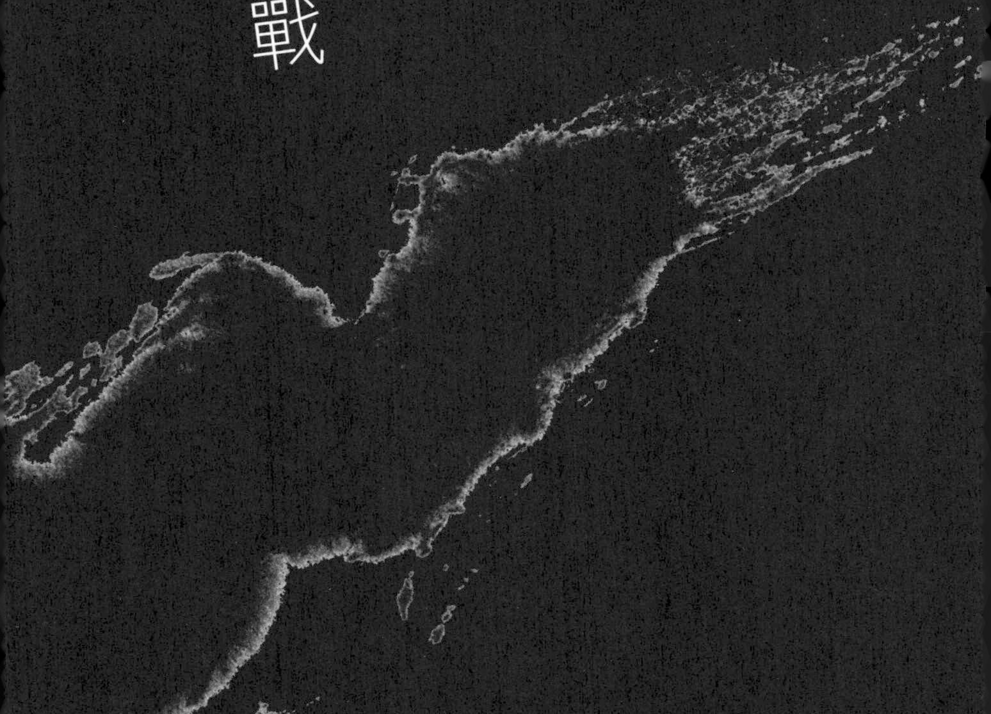

次日，早上十時。

凌渡宇移正架在鼻樑上的金絲眼鏡，右手輕撥染得花白的頭髮，大步走進三十八樓國際刑警的總部去。

這時的他從外表看來，是位五十來歲、有成就和地位的日本紳士。

他走到接待處，先來個九十度的鞠躬，很有禮貌地向坐在接待處後的小姐，以帶有濃重日語口音的英語道：「我的名字叫木之助，昨天和威爾先生約好的。」跟着遞上一張名片，那本是屬於一個日本朋友的。

接待處後是一道電閘，閘後的兩個門警正小心地從閘後向他審視。

那金髮小姐呆了一呆，道：「威爾先生昨天……噢！他今天有事，沒有上班，你可否留下姓名和電話？」

凌渡宇心想：威爾躺在醫院，當然不能來上班。連忙裝起一副為難的樣子，道：「怎麼會這樣？」裝模作樣想了一會，才道：「我今晚要離開紐約，但我又答應要交點東西給他，這樣吧，我可否和他的秘書説幾句話，或者見另一位先生。」

金髮小姐猶豫了片刻，按着通話器替他通傳後，微笑道：「請等一等，艾蒂小姐立即出來。」順手遞給他一個印有「訪客」的牌子讓他掛上。

不一會，電閘大開，一位年約三十餘歲、體態動人的女子走了出來，溫和地道：「木之助先生，請隨我來。」

一邊走，一邊和凌渡宇握手道：「我叫艾蒂，是威爾先生的秘書。」

凌渡宇道：「幸會幸會！」

艾蒂道：「木之助先生，威爾先生有急事出外公幹，這幾天恐怕都不會回來，有甚麼是我可以幫忙的？」

兩人邊說邊行，經過一條長廊，兩旁都是辦公室和忙碌工作的人。

艾蒂推開了其中一個辦公室的門，自然是威爾工作的地方。

凌渡宇並不進去，站在門邊道：「那真是不巧！請問卓楚媛小姐的辦公室在哪裏？」

艾蒂的目光條件反射地望向右邊，才答道：「噢！她也不在。」

凌渡宇目的已達，把一個密封的公文袋交給她道：「請妳把這文件交給威爾先生，謝謝妳！我可以自己走出去。」說完道別而去。

他大步往來時路走去，當艾蒂關門的聲音從背後傳來，他才轉過身來，往剛才艾蒂望向卓楚媛辦公室的方向走去。

途中遇到兩個人，一來因他掛了個「訪客」的牌子，二來這些人自己也忙個不停，都沒有理會他。

凌渡宇經過威爾的辦公室，來到一扇緊閉的門前，門上有一個名牌，寫上了卓楚媛的名字。

凌渡宇輕扭門把，發覺被鎖上了。那只是個很普通的鎖。

這當然難不倒他這個開鎖的專家。

覷準左右無人，他從袋中取出兩支細長的鐵線，才四、五秒的時間，便把門弄開，閃了進去。

房內除了工作的書桌外，只有一部電腦、一個放滿書的書架和幾張椅子。

窗簾緊閉，外面的陽光只能透入少許，室內陰暗昏沉。

伊人不知何處，凌渡宇黯然神傷。

凌渡宇提醒自己，這並非感傷的時刻，連忙收攝心神，從書桌起，開始搜索。卓楚媛是個着重記錄的人，一定有資料留下來。

時間無多，只要艾蒂和接待處的金髮女郎碰面，便會知道他還未離去，所以他一定要在那發生之前，完成任務。

櫃內全是些無關緊要的資料，其中一張紙，畫了凌渡宇的肖像，倒有八分酷似，想不到她有如此高的繪畫天份。旁邊寫滿他的名字，正是伊人對他深切想念的鐵證，以凌渡宇這樣堅強的人，也不禁心中一酸。

凌渡宇放棄書桌，改向電腦入手。

按動開關後，電腦熒幕上亮起文字，在陰暗的光線下份外刺目。

凌渡宇估計卓楚媛的工作均須保密，所以一定有保安系統，例如要鍵入密碼，才可以閱讀其中的檔案，不過以他在這方面的才能，破解密碼應不需費太多工夫。

電腦完成了檢視程序，忽地響起了一聲尖叫，一行字打了出來：「硬碟損毀，不能閱讀。」

凌渡宇呆了片刻，為甚麼會是這樣？是否有人捷足先登，早一步毀了電腦內儲存資料的硬碟？

由一開始，他每一步均落在下風。

這是非常可怕的對手。

就在這時，門鎖傳來響聲。

聲音雖小，這時卻不啻驚心動魄的震天雷鳴。

他在第一時間內關了電腦，退入了書架旁的暗影裏。這時室內光線昏暗還好一點，但一待闖入者亮了電燈，他便無所遁形了。

可是他沒有選擇的餘地了！

門被推了開來，旋又關上。

一個瘦高的金髮男子閃了進來，神態有點鬼祟。

那人居然不開燈，筆直地走到電腦前，按動了開關，他似乎完全想不到屋內另有他人的存在，只是專心一志地盯着熒幕上跳動的字。

和凌渡宇剛才的遭遇一樣，在尖響後，熒幕上打出「硬碟損毀，不能閱讀」的字樣。

那男子全身一震，自言自語道：「怎會這樣？誰幹的？」同時緩緩轉過身來，才轉到一半，動作凝住，活像電影中的定格。

光線雖暗，他仍未致看不見背後的凌渡宇和他手上緊握的裝上了滅音器的手槍。

凌渡宇溫和地道：「你是誰？來這裏幹甚麼？」他肯定這人不是損毀電腦的人，所以態度客氣得多。

男子神情出奇地鎮定，反問道：「這些問題應該由我問你才對。」

凌渡宇哂道：「一個賊難道比另一個賊有特權嗎？」

那人也頗有幽默感，苦笑道：「拿槍的賊，當然比沒有拿槍的賊有特權。」

對答了幾句，凌渡宇已認出了他是誰，因為他早透過多次翻聽錄音帶，熟習了他的聲音。

凌渡宇瀟灑一笑，跟着把槍收起道：「這樣兩個賊都公平了！不是嗎？文西博士。」

文西博士見他收起了槍，又叫出他的名字，驚異得不知如何反應，忽地恍然大悟道：「噢！你就是昨天黃昏威爾遇襲時和他在一起的中國人：凌渡宇先生。威爾雖然死也不肯透露你的名字，但我們已猜到是你，他們正在全力找你。」

凌渡宇眉頭一皺，這回真是前有虎，後有狼。幸好他從不畏難，話鋒一轉道：「幸會幸會！找個地方喝杯咖啡，如何？」

文西博士對這神通廣大的中國人大生好感，笑道：「凌先生是客人，由我作東吧！」一邊說，一邊向房門走去，貼着門靜立了一會，肯定外面的走廊無人，才推門走出去。

凌渡宇緊跟而出。

兩人步向出口，來到接待處，凌渡宇交還那印有「訪客」的名牌，正要和文西走出大門外，乘搭升降機往地下室時，一個身形雄偉、骨骼粗壯、兩眼光芒迫射的大漢從打開的升降機門走了出來，向文西打過招呼後，眼光轉到凌渡宇身上，臉容掠過一絲訝異和警覺。

凌、文兩人和他擦身而過，進入升降機內，那大漢回頭叫道：「文西！」

文西臉色微變，一手按着升降機的自動門，不讓它關上，卻不回頭，只道：「金統先生，甚麼事？」

凌渡宇暗讚一聲，文西不轉頭過去，是怕金統看到他神色有異，故意叫金統的名字，是要他準備應變。

金統反對卓楚媛最力，今次狹路相逢，凌渡宇現在又是他們全力找尋的人，凌、文兩人已打定輸數。

金統利如鷹隼的銳眼，在凌渡宇身上盤旋片刻，忽又改變了主意，道：「待你回來再說吧。」

文、凌兩人大為意外，文西鬆了一口氣，放開按着自動門的手，讓它關上，別過頭來，看到凌渡宇仍是神情凝重，奇道：「他沒看出破綻，你還擔心甚麼？」

凌渡宇搖頭道：「不！他已知道我是誰。」

文西道：「那他為甚麼放過你？」

凌渡宇苦笑道：「就是因為不知道，我才擔心。」

兩人走到街上，進入了忙碌的人潮裏。

文西輕鬆地道：「附近有間很好的咖啡坊……噢！有甚麼問題？」

凌渡宇神色出奇地凝重，沉聲道：「我們給人盯着。」即使一般人，給人在暗處盯着時，也有異樣的感覺，這是因為眼光亦是一種能量。凌渡宇自幼鍛煉心靈，在這方面的靈敏度，又百倍於常人，所以一受人監視，立生感應。

文西大感興趣，他的博士學位，便是專門研究這類精神異力，眼下這個活生生的例子，怎不教他興奮？

凌渡宇低喝道：「隨我來！」腳步突然加快，走進了一家百貨公司內，又由側門穿了出來，跟着走下地鐵，跳上電車，一連轉了幾個站，一出地鐵，立即閃入了橫街，左穿右插，忽快忽慢，有時甚至往來路走回去，把文西帶得不辨東西，同時又大惑不解，因為凌渡宇神色不妙，顯然仍未擺脱跟蹤者。

凌渡宇直到走入了一間戲院內，坐了下來，呆了片刻，才輕鬆了一點。

偌大的戲院，只有十多人散佈各處，銀幕上正上映着查理士布朗臣主演的電影。

凌渡宇默然無語，還是文西先道：「究竟發生了甚麼事？」

凌渡宇道：「我以往總認為，沒有人能跟蹤我而不被我發覺，但我不敢再這樣想了，直到進入這裏前，我們一直被人跟着，但無論我用甚麼方法，都找不到跟蹤我們的人，也不知道對方跟蹤我們的方法。」不能知彼，這仗如何能打。

文西囁嚅道：「這次會否是你的第六感失靈了。」

凌渡宇笑道：「朋友！我也希望是這樣，可惜我知道不是。」

文西雖然有個超心理學的博士學位，但在實際上卻幫不了忙。不過現在總算將跟蹤者擺脫了。

凌渡宇甩甩頭，好像這樣便可把敵人甩掉，嘆了一口氣，才道：「好了！告訴我你為甚麼要做賊？」

文西不禁莞爾，這人即使在最失意的時刻，仍能從容自若，令人佩服。隨即嘆道：「說出來你或許不相信，我從一開始，便對名人自殺一事，感到懷疑……這六個人，包括了各式人等，很像……」打了一個寒噤，道：「一個『人』的實驗。」

凌渡宇並不肯放過他，迫問道：「那為甚麼會議時你卻不站在楚媛那一邊？」

文西苦笑道：「馬卜在要我出席時，聲明只准我就卓主任所寫的月魔報告發言，其他就與我無關了，他是老闆，你說我能說甚麼？」

凌渡宇詛咒連聲，又皺起了眉頭，顯然有新的煩惱。

文西續道：「當我知道威爾受傷，我再也忍不住……記起卓主任說過她仍有資料未說出來，於是……」

凌渡宇插入道：「現在有兩個人嫌疑最大，就是馬卜和金統，其中又以金統最使人懷疑。我們就從他下手。」跟着站起身道：「先離開這裏。」

文西跟在他背後道：「去哪裏？」

凌渡宇停下腳步，臉上泛起詭異的笑容，回頭道：「解鈴還須繫鈴人，讓我們直接去問金統。」

文西跳起來，叫道：「甚麼？」

凌渡宇若無其事地道：「你難道不知我的一項技能嗎？」

文西這時還未醒覺，疑惑地道：「甚麼技能？」這樣說時，不自覺地望向凌渡宇，後者雙目射出一種奇異的光芒，文西一陣眩迷，想移開眼睛也辦不到。

凌渡宇眼內奇光消去，文西如夢初醒道：「是催眠術！」他本人也曾學過催眠術，只不過道行和有強大精神力量的凌渡宇相去千里。

凌渡宇繼續前行，很快兩人便走出戲院，來到戲院的大廳。大廳外就是大街。

兩人一齊停步，愕然望向對方，當看到對方遽變的神色，醒覺到大家都看到同樣的東西時，才肯相信眼前所見的並非幻象。

一個人也沒有。

先前熙來攘往、車水馬龍的紐約最繁盛的大街，現在一個人也沒有。

大廳售票的窗內，空無一人。

又或他們撞進了另一個時空去？

或是空襲時，所有人一齊避進了地下的防空洞？

四周靜悄悄的，絕無半點生機。

難道紐約已變成了死城？

天上豔陽高掛，風和日麗，美好依然。

只是沒有了人。

文西開始全身抖震。

凌渡宇亦臉色煞白，不過眼神仍然堅定。

奇異的事發生了。

尖嘯響起。

「吱……」正是那天卓楚媛失蹤前，凌渡宇透過電話聽到的奇怪聲音。

兩人駭然四顧。

大廳內的吊燈，街上的路燈，噼噼啪啪，閃爍着青白的電光，美麗得炫人眼目，又極盡鬼幻之能事。

空氣中充溢着高壓的電流，但他兩人卻絲毫無損。

莫名的恐懼，狂湧心頭。兩人各自像孤懸世外的荒島，誰也幫不了誰。或是被驅進刑場的殉道者，無助和孤獨地任人宰割。

對凌渡宇來說，每在危險出現前，他總有預感，但這次卻一丁點感覺也沒有。

文西狂叫，死命按着雙耳，顯然抵受不住那尖嘯，掙扎在崩潰的邊緣。

空氣中激射着無以名之的能量，肉眼雖看不到，可是耳膜、毛細管、血液、甚至每一條神經線，無不受到這種能量的迫壓。

他們寸步難移，全身痠麻，血液凝固。

更驚人的事發生了。

前一刻還是陽光普照，下一刻所有光明完全消失。

世界驀地陷入絕對的漆黑裏。

一道強烈的電光，劃過黑不見指的黑暗空間。

就像在最深的黑夜裏，閃電忽地裂破天空。

淩渡宇眼前發白，甚麼也看不見。

電光在四周閃滅不定。

他並不是第一次看到這電光，那天在飛機上，接收到卓楚媛遙遠的呼喚，兩人的心靈連結起來時，他已曾看過這道駭人的閃電。現在終於身歷其境，可惜依然是束手無策。

他看不到任何東西、聽不到任何聲色、嗅不到任何氣味、感覺不到任何寒暖。像給封入真空管內，與外界完全斷絕了關係。

瘋狂的隔離和孤寂。

電能開始進入體內，進入每一個組成他身體物質的分子內。

凌渡宇有一個奇怪的直覺，這不知名的能量，正在對他進行分析和研究。

全身似欲分離。時光停止了流動。

凌渡宇怪叫一聲，運集起全心靈的力量，向前飈去，一下子衝出了繞身疾走的電光，衝出了戲院的大廳，跌進了大街去。

一頭撞入了人堆裏。

所有感覺倒捲而回。

恍如隔世的人聲、汽車聲震天響起，是那樣溫暖親切。

他這時才發覺自己倒在長街的地上，渾身軟弱乏力。周圍的行人都奇怪地望着他。

他轉頭回望戲院的大廳，正有幾個人在看宣傳的海報，售票處的售票員安然無恙。

兩個路過的青年一左一右把他攙扶起來，凌渡宇驚異萬分，甚至聽不到這些好心腸的幫忙者在說甚麼。

一切如常，剛才的驚心怪事活似在另一時空進行，與這一刻完全無關，像從未發生過一樣，但是，他知道那的確發生過：文西博士已失蹤了！

像那六位名人和卓楚媛一樣，失蹤了。

凌渡宇不知自己怎能幸免於難，他這時的腦筋混亂之極，茫茫然站直了身體。

背後車號震天，吵耳不堪。

凌渡宇回頭望向馬路，只見熄了火的車排滿整條路，少說也有二十多輛。

在紐約的繁忙街道，擠塞可想而知。

沒有人明白熄火的原因，除了淩渡宇。

他知道這次也如卓楚媛失蹤時的停電一樣，所有汽車的電池都忽地枯竭了。

第四章

攜手合作

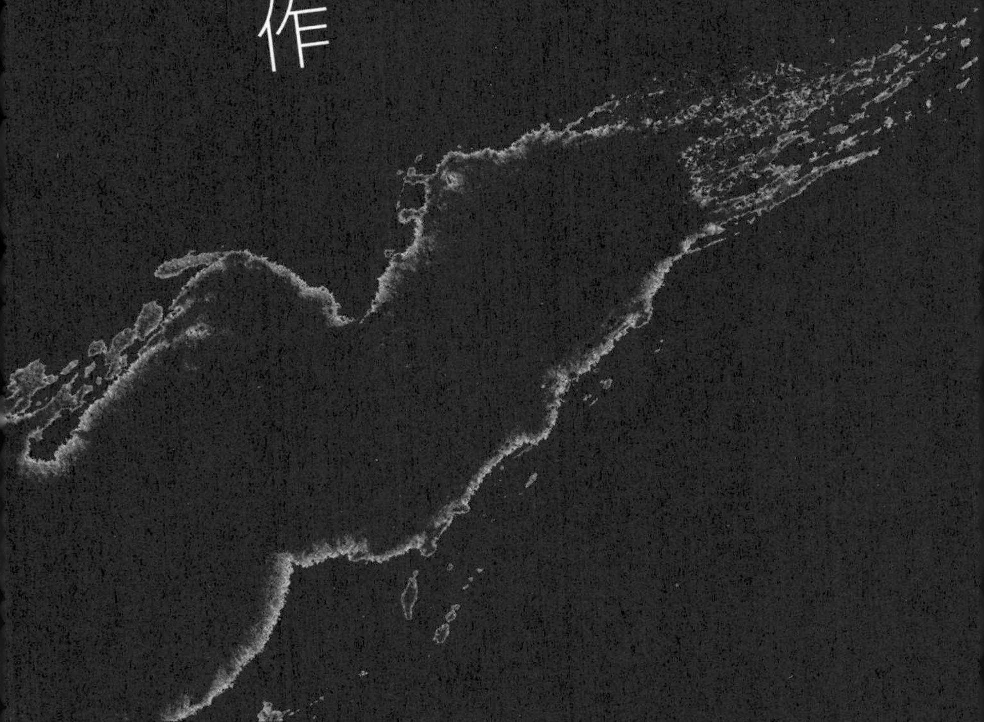

金統剛放下電話，辦公室的門被推開，臉容肅穆的馬卜走了進來。

馬卜在他桌前的旋轉椅坐下，輕描淡寫地道：「你吩咐文西的秘書，文西一回來便告訴你，究竟有甚麼事？」

金統神色不變，淡淡答道：「沒甚麼！不過想和他談談卓楚媛和威爾的事。」

馬卜兩眼射出淩厲的光芒，沉聲道：「你認為卓楚媛和威爾這兩件案子，有關聯嗎？」

金統遲疑半晌，才答道：「不！我依然認為兩者間沒有任何關係。」

馬卜放軟身體，挨在椅背上，徐徐舒出一口氣道：「我想聽聽你的意見。」

金統道：「威爾和卓楚媛的情形迥然不同，完全是一副黑社會仇殺的格局……那和他一起的中國人，照目擊者的形容，應是那淩渡宇，此人多年來從事政治顛覆活動，仇家遍佈全世界，均恨不得生啖其肉，遭人行刺，有何稀奇？威爾看來是不幸適逢其會，殃及池魚罷了！」

馬卜略作沉思，道：「這樣說不無道理，可恨威爾緘口不言，使我們着手無從，目前最要緊的事是找到那凌渡宇……」跟着站起身來，兩手按着桌子，整個人傾前，加重語氣道：「我已通知了本地警方，全力把凌渡宇挖出來，我們現在尚不宜插手，知道嗎？」

金統默默點頭。

馬卜離去後不久，金統接到一通電話，立即外出。

他的福特旅行車離開大廈的停車場，駛進繁忙的大街，凌渡宇便騎着租來的機車，遠遠跟着他。

三時十五分，凌渡宇已跟了他一個多小時。

金統行色匆匆，一路超車趕前，風馳電掣的向東面駛去。

凌渡宇全副行頭：密封的頭盔、輕便牛仔套裝，配上他健碩的體形，使人難以辨認他的廬山真面目。

金統的旅行車頂裝了個盛物的大鐵架，很容易辨認，所以雖然左轉右拐，凌渡宇仍能緊跟不失。

這時金統的福特轉進了一條橫街。

凌渡宇大感不安，一來街道上的車輛顯著地減少，路旁積着一堆堆的垃圾，污穢不堪，而且路上站立、行走的都是清一色的黑人，一個白人也見不到。

這是其他人種望而卻步的哈林區，黑人聚居的地方。

凌渡宇夷然不懼，問題是這處不似外面繁盛的街道，金統可輕而易舉地察覺被人跟蹤，可是他還有其他選擇嗎？

凌渡宇硬着頭皮跟下去。

金統的福特在一間酒吧前停下，一個穿黑西裝、紅襯衫的高瘦黑人紳士從酒吧裏迎了出來，接了金統進去。

凌渡宇忙把機車泊在幾個街口外，頭盔也不除下，就那樣大步往酒吧走去。

眼下惟有明刀明槍，和金統攤牌。

走不了幾步，迎面撞來一群奇裝異服、態度囂張的黑人青年。他們均以不屑的眼光盯着凌渡宇，一派惹是生非的格局。

凌渡宇是何等人，當然不把他們放在眼內，但正事要緊，不得不忍氣吞聲，順勢橫過馬路，避開他們。

惡少們一陣刺耳怪叫，夾雜着辱罵，充滿蔑視和欺壓的意味。

那輛機車一定凶多吉少，成為祭品，不過無暇斤斤計較了。

酒吧前聚集了十多個黑人男女，其中一名特別高大粗壯，外貌有如當今重量級拳王的禿頭黑漢，左手摟着野豔黑女的蠻腰，口中叼着雪茄，斜眼向凌渡宇喝道：「找你阿爸嗎？」

旁邊的黑男女一齊尖叫狂笑起來，作浪興風。

凌渡宇慢條斯理地除下頭盔，兩眼射出凌厲的神光，罩定那光頭黑漢。

眾人這才看清楚他是中國人，一齊愕然。

凌渡宇微微一笑，正要推門入內。

近門處的高瘦黑人一手把門攔着，臉上泛起嘲弄的神色。

黑人男女爆出震天狂笑，極為得意，引得路人停下來看熱鬧。

禿頭黑漢放開黑女，來到凌渡宇身側，嘿嘿笑道：「給我一百元，才放你這黃狗入內。」

眾人又是一陣怪叫。

街上其他黑人離得很遠，不敢走近，對酒吧前的黑人懷有很大的畏懼。

凌渡宇從容一笑，在口袋中取出幾張十元面額的鈔票，在眾人仍未看清楚時，閃電般塞入禿漢的上衣口袋內，跟着左手一托高瘦黑人攔門的手，他托的位置非常巧妙，剛好是對方手肘的穴位，那黑人的手一麻，已給凌渡宇撥開。

對方高呼一聲，還來不及反應，凌渡宇側進推門，閃電般颼入酒吧內，動作流水行雲，瀟灑不凡。

酒吧內煙霧瀰漫，三百多方呎的空間充溢着大麻的氣味，擠了四、五十個黑人男女。

門外的黑人黃蜂般跟了進來，封鎖了出口，充滿火藥味，戰雲密佈，一觸即發，凌渡宇激起這群橫行無忌的人的怒火。

酒吧內其他的人立時警覺，目光集中到凌渡宇身上。

他成為了眾矢之的。

凌渡宇冷哼一聲，來到酒吧前，酒吧後的黑女郎，低胸和緊身的衣褲使她惹火的身材更為突出，動魄驚心。

凌渡宇擠進圍在酒吧的黑人裏，若無其事道：「給我一杯啤酒。」

性感黑女郎笑盈盈地道：「先生！要酒沒有問題，不過你恐怕沒有命去喝。」

凌渡宇目光肆無忌憚地在她高聳的胸脯巡遊，漫不經心地道：「那不用妳操心，妳只是負責賣酒的吧！」

黑女郎大訝，難道這人是個瘋子，死到臨頭也不知道，轉顏一笑道：「如果價錢對，賣身也可以！」

周遭的人爆起狂笑。凌渡宇成為他們這個沉悶下午的助興節目。

那先前在門外首先撩事的禿漢可厭的聲音響起道：「跪下向我叩三個頭，叫聲阿爸，便賣酒給你，一千元一杯。」

四周的黑人更是興奮，胡亂叫嚷，要凌渡宇跪下來。

凌渡宇目光一掃，找不到金統，心中一嘆，轉身向那禿漢道：「我們來個腕力比賽，你勝了，我向你磕頭，兼送上一千大元，若你輸了，就回答我一個問題。」

酒吧內鴉雀無聲，想不到他如此奇峰突出，又如此不自量力。

禿漢也不由一呆，看看自己的手臂，比凌渡宇至少粗了一倍，咽喉忽地沙沙作響，跟着是嘿嘿怪聲，好一會才爆出震天暴笑，前俯後仰，腰也直不起來，極盡輕蔑之能事。

酒吧內嘲弄的笑聲如雷轟起，好事者已騰出一張小圓枱，以作比賽的場地。

沒有人會相信，這中國人能勝過這孔武有力、體壯如牛、重二百多磅、身高六呎四吋、哈林區的著名悍將。

禿漢囂叫一聲，首先走向那空出的小圓枱，伸出巨靈之掌，把枱上所有東西一股腦兒撥落地上，發出混亂的破碎聲。禿漢在一邊坐下，怪叫道：「小娘兒，過來陪大爺玩。」跟着向其他人大叫道：「待我拗斷這黃狗的手，賺他一千元，這裏由我請客。」

眾人又是一陣大笑。

先前禿漢在門外摟着的美豔黑女，一手穿進凌渡宇臂彎內，挽着他往蓄勢以待的禿漢走去。

眾黑人男女唯恐天下不亂，裂開一條通道，讓淩渡宇通過，一邊舞手弄腳，為他禱告，向他膜拜，有些則弄出不堪入目的淫穢動作，相同的是他們都在看着一隻待屠的豬。

高聳的胸脯緊壓在肩臂處，自己活像上台領獎的大明星，淩渡宇不禁啼笑皆非。

來到枱前，自有人為他拉開座椅，讓他坐下。

酒吧內六十多人集中在圓枱四周，圍成一層層人做的圈子。

一連串破碎的聲音傳來，原來較遠的人躍上桌子觀戰，把枱上的東西弄得東倒西歪，又怪叫助興，場面熱鬧非常。

淩渡宇從容坐下。

禿漢目露兇光，恨不得把對方活生生吞下肚去。擱在枱面的粗手，侮辱地做着各種下流的動作，弄得四周的男人為他的每一下動作喝彩怪笑，女人則尖叫。

凌渡宇一對虎目精光凝然，利箭般刺入禿漢眼內，當他察覺到禿漢略一錯愕時，大感滿意，他要從意志、心理以至體力上，全面壓倒對手。

這是無法無天的一群。

兩手相握，緊緊鎖在一起。

運勁一握，禿漢臉色微變。他本想先來一個下馬威，把凌渡宇捏個痛不欲生，豈知凌渡宇的手勁恰好將他的力道抵銷，那便像要踢開路旁的小石子，一踢下去，才知道小石子只是藏在土內大石的一角，難受可想而知。

有人尖叫道：「開始！」

禿漢無暇多想，喊了一聲，發力狂拗，一下子便把凌渡宇的手拗低至與枱面成四十五度角，使凌渡宇陷於明顯的劣勢。

旁觀者如醉如癡，口哨聲和尖叫混成一片，為禿漢看來無可避免的勝利打氣。

凌渡宇臉容有若銅鑄，不露半點表情。

禿漢力道的狂猛，大出他意料之外，幾乎一下就把他扳倒，幸好他反攻及時，在失敗的邊緣站穩腳步。

禿漢獰笑起來，不斷發出野獸般的嚎叫，一分一分的把淩渡宇的手壓向枱面。

四周的人連連喝彩，震天的打氣聲像潮水般湧向酒吧中心正在苦苦相爭的比賽者。淩渡宇能支持這麼久，大大出乎他們意料之外，禿漢是這裏以孔武有力橫行的惡棍，從沒有人敢向他這樣公然挑戰。

淩渡宇緩緩調節呼吸，把注意力凝聚在肚臍丹田處的氣海，立時有一股熱流，由該處升起，直衝上手臂的經絡。

這是密宗的氣功。

四周驀然靜下。與先前的吵雜判若雲泥。

原來淩渡宇忽然反攻，由四十五度回復至未開賽時的九十度角，就像兩人從未曾開始比賽一樣。

禿漢怒喝連連，力圖再度領先，汗珠不斷從他額上流下來。

眾人雖又為他打氣，但聲勢已大不如前。

凌渡宇大喝一聲，把酒吧內的其他聲音全部蓋過。他一直默然不語，這一叫登時把眾人嚇了一跳，靜了下來。

凌渡宇的力道有如山洪暴發，一下把禿漢粗壯的手臂壓伏在桌面上。

中國人勝了。

酒吧內一絲聲色也沒有，連呼吸也停止下來，落針可聞。

禿漢輸了。

沒有人可以相信眼前這事實。

禿漢不住地大口喘氣，眼珠左右亂轉，兇光四射。

凌渡宇正要說話，背後勁風襲體。

他嘿然一笑，微一側身，避過了當頭揮下的斗大拳頭，左手一個拋拳，由下而上，命中偷襲者的下陰要害，正是先前攔路的黑人。

那黑人發出驚人心魄的慘嘶，滾倒地上，爬也爬不起來。

四周叱叫連連，數名黑人大漢搶前，準備群毆。

禿漢霍地站起身來，一個右勾拳痛擊凌渡宇的左額。

豈知凌渡宇的機變遠勝於他，他才站起，腳步未穩時，凌渡宇已一把將剛才作戰場用的小圓枱整張掀翻抽起，桌緣猛撞向他的胸口，禿漢受不住力，連人帶枱跌個四腳朝天。累得身後的幾名男女倒仆地上，驚呼尖叫，場面混亂不堪。這時左右各有一人撲至，凌渡宇躬身一退，恰好避過敵人的拳頭，乘勢來到兩人中間，他退後的速度快若閃電，當那兩人醒覺到凌渡宇進了危險的攻擊位置時，凌渡宇的左右肘已不分先後地重重捶下他兩人的肋骨去。

兩人打着轉跌開去。

凌渡宇豹子般向前飈，一個重拋拳痛擊另一衝來的黑漢下頷，二百磅的大漢，整個人被他抽離地面，一連壓碎了兩張椅子。

凌渡宇待要選擇下一個攻擊目標，腦後風生。

他眼角的餘光感到閃閃的刀光，急忙扭身側避，刀鋒劃過，凌渡宇乘對方陣勢未穩，衝向前一個膝撞，持刀者痛得跪了下來，正是那和他比腕力的禿漢。

一時間所有動手的黑漢人仰馬翻，倒滿一地，凌渡宇每一擊均命中他們的穴位要害，沒有人有能力自己爬起來。

其他人都被凌渡宇的雷霆身手所懾，遠遠退開。

反而凌渡宇若無其事，氣定神閒，像沒有發生過任何事，向跪在他面前的禿漢道：「剛才進來的白人，到哪去了？」

禿漢抬起頭，苦着臉道：「我不能說！」他很坦白，並不以「不知道」來推搪。

凌渡宇正要施壓，聲音從酒吧後門那一端傳來道：「朋友，他是不敢說的，放了他吧！」語氣中自有一股威嚴和氣魄。

凌渡宇施施然回頭，發話者是剛才把金統迎入酒吧的黑人紳士。

金統面無表情，站在黑人紳士一旁。

黑人紳士道：「好！凌先生真才實學，膽識過人，我布津佩服。」

凌渡宇走到兩人身前，伸出手道：「布津先生，幸會幸會。」

布津對他頗為惺惺相惜，熱情地和他握手。

凌渡宇伸手向金統，後者面現冷笑，道：「這次找我，不是為了和我交朋友吧！」

凌渡宇哂道：「先禮後兵，怎樣？」

金統略一沉吟，道：「好！走着瞧！」這才伸手和凌渡宇相握。

凌渡宇望向布津，道：「我可否和金統單獨說上幾句？」

布津望向金統。

金統斷然道：「不必！我們現在去見一個人，凌先生一定很有興趣一同前往。」不理凌渡宇的反應，逕自走往酒吧的正門。

布津禮貌地向淩渡宇作了個相讓的姿勢。

淩渡宇別無選擇，跟在金統背後，走了出去，一點也不知道金統要去見甚麼人。

酒吧內回復了秩序，適才受創倒地的黑人，已被扶起，像一群鬥敗了的公雞。

淩渡宇走過酒吧時，賣酒的豔女拚命向他大拋媚眼，看來不用錢也肯向他獻上肉體。

三人走出門外。

淩渡宇呼吸到外面清新的空氣，精神一振，心想管他虎穴龍潭，也要闖一闖，眼光轉到剛才泊機車的地方，果然不出所料，機車已不翼而飛。

布津和門外的幾個黑人說了幾句，走向淩渡宇道：「不用擔心，我保證機車會完璧歸還。」這才向金統的福特旅行車走去。

淩渡宇對布津刮目相看，此人一定在這裏非常吃得開，不知他和金統是甚麼關係？

凌渡宇搖搖頭，坐進車尾去。

布津坐上司機位，負責駕駛。

行駛了十多分鐘，旅行車只是在哈林區內打轉，在橫街窄巷裏左轉右轉，凌渡宇這時才明白為甚麼要改由布津駕車，只有他們這些生長在這黑人區的人，才會認得路。

旅行車在一堆垃圾旁停了下來。

三人走出汽車，立時有大漢迎過來道：「老闆，一切妥當，他在上面。」

大漢當先引路，領着三人走上一道窄樓梯，來到二樓的一間寓所外，另有兩名大漢守候在外，都是布津的手下。

布津略一點頭，有人連忙打開門。

布津和金統兩人先行，凌渡宇跟進，其他人都留在外面，門在凌渡宇身後關上。

裏面只是一間百來呎的房間，除了一張單人床外，堆滿了雜物，凌亂非常。

床上瑟縮地坐了一個形貌猥瑣的瘦弱男子，年紀介乎四十至五十歲之間，一見到布津，眼中露出恐懼的神情。

凌渡宇從這瘦弱的黑人轉到牆上，吸引他目光的是滿牆的大大小小海報，最大的一張，有位穿三點式泳裝的青春美麗女子，背景是一個海灘，嫩滑的肌膚綴滿水珠，在陽光下閃閃發亮，如花俏臉掛了個與天上太陽爭輝的笑容，和室內混亂污穢的環境形成強烈對比，極不調和。

凌渡宇的眼光轉到其他的海報，原來都同是那一位美女。各式各樣的姿態，濃妝豔抹，清淡娥眉，均同樣可人，令人目不暇給。

凌渡宇心頭一震，忽地認出這美女是誰。

那是美雪姿，國際知名的首席豔星。

六位自殺名人的其中一位。

布津道：「史亞！告訴這兩位朋友，那天你看到甚麼？」

史亞呆了一呆，不住搖頭，以細不可聞的聲音嗚咽道：「不！我甚麼也不知道。」

布津一點也不動氣，溫和地道：「史亞，你怎麼可以隱瞞朋友，整個哈林區的人都曾聽你說美雪姿給魔鬼攝去了，究竟是怎麼一回事？」

史亞低下頭，囁嚅道：「那天……那天……她死了！」

金統道：「史亞，我們需要你的幫助，難道你不想為美雪姿報仇嗎？」

史亞一邊飲泣，一邊搖頭道：「沒有用的！沒有人可以為她報仇，是魔鬼奪走了她。」

眾人面面相覷，偏又拿他沒辦法。

史亞忽地抬起頭來，滿佈淚痕的臉上現出堅決的神情，道：「那天我去看雪姿小姐拍戲……可以的話，我都去看她，即使只能遠遠的看她一眼，也是好的。」臉上露出回憶的表情，續道：「她在拍一個駕車的鏡頭，汽車向着我駛來，我很高興，我走出路中心，想要她替我簽一個名……哪知，天忽然黑下來，甚麼也看不見，一道電光劃過，她……她就不見了……天再亮時，只剩下一輛空車，我很怕，走了回家，不久，就聽到她自殺的消息。」

金統道：「胡說！怎會有這種事？」

史亞見到金統雙眼兇光暴射，嚇得縮作一團，渾身打顫。

布津沉聲道：「不！史亞從不說假話。」

金統道：「那一定是他的精神出了問題，幻想出這種故事。」

布津一時啞口無言，這樣的奇事，他本人亦難以相信，教他怎樣反駁金統？室內靜寂無聲。

一把聲音打破了沉默，道：「他說的話千真萬確，一點也不假。」

三人一齊望向發話的凌渡宇。

金統首先反應，叫道：「你怎麼可以相信他，這樣沉迷明星的人，腦袋已有問題，甚麼事幻想不出來？」

凌渡宇冷然道：「甚麼叫沉迷？我們每一個人也是沉迷，像你便正沉迷在你所謂的『理性和實際』裏。史亞只是對自己的感情真誠，愛到底，恨到底，哪管她是大明星小明星，遠勝你這大混蛋睜目如盲，把所有真理扭曲。」

金統大喝一聲，一拳當面痛擊凌渡宇。

凌渡宇猛然退後，避過來拳，但房內的空間實在太小，他一退，背部立時撞上牆壁。

金統要衝向前，布津從後一把抱着他，死命拉開。

史亞嚇得尖叫起來。

凌渡宇道：「我也曾經看過那道電光！」

金統一邊掙扎，要脫離布津的懷抱，一邊叫道：「我早知道你也是不正常的狂人，為甚麼那道電光不攝走你，留你在這裏礙眼？」

凌渡宇淡淡道：「對不起，我也不知道為甚麼會這樣？電光只攝走了文西一人！」

金統忽地停止了一切動作，整個人像凝固起來似的。房內由吵雜突變為寂靜，只有史亞牙關打顫的聲音。

金統望向凌渡宇，不能置信地問道：「甚麼？」

凌渡宇道：「文西失蹤了！」

金統道：「他不是和你在一起的嗎？」

凌渡宇神情一黯，把事情經過說了出來。金統聽得臉色發白，也不知應否相信。

凌渡宇道：「你又為甚麼來找史亞？」

金統嘿嘿冷笑道：「我要找誰便找誰，何須甚麼理由。」

凌渡宇嘲道：「你不是一直反對調查名人自殺的事嗎？」

金統臉色一變，盯着凌渡宇道：「誰告訴你的？威爾嗎？這是違反國際刑警的守秘規條，看他怎樣解釋？」

凌渡宇失笑道：「去你他媽的守秘規條，我只要你回答我來這裏幹甚麼？」

金統正要大發雷霆，布津插入解圍道：「金統是我的老戰友，當年在軍隊並肩作戰，今天早上，我接到他的電話，要我發動所有眼線，調查威爾受傷的事，又告訴我這事和名人自殺的事可能有關聯，才根尋到史亞身上。」

金統怒道：「為甚麼要告訴他，這人只是個故弄玄虛的瘋子。」

凌渡宇淡然處之，走到史亞身側坐下道：「史亞，我是你的朋友，不是嗎？」

史亞愕然望向他，凌渡宇眼中射出奇異的光彩，史亞雙眼現出茫然的神色。

金、布兩人一齊愕然，醒覺淩渡宇在施展他著名的催眠術。但卻不知他還要問些甚麼東西？

淩渡宇柔和地道：「你是不是每天都去看美雪姿小姐？」連金、布兩人也感到淩渡宇聲音中含有一股使人服從的力量，遑論身在其中的史亞了。

史亞果然遵從地答道：「我一有空閒，便到她的寓所外等她，我……我並不想做甚麼，只是要見她一面……」

金、布兩人互望一眼，心想這樣癡心的影迷，也是少有。

淩渡宇眼中的奇光牢牢攝着史亞，道：「回憶吧！回憶吧！在你等她的時間裏，有沒有見到其他的人？」

史亞皺起眉頭，苦苦思索。

淩渡宇不斷鼓勵道：「慢慢想，不要急。」

金統搖頭冷笑，他不相信淩渡宇可以從這個癡癡迷迷的人身上問出任何東西來。

史亞眉頭深鎖，跌進回憶的淵海裏。

金統悶哼一聲，待要出言譏諷，布津伸手按着他，阻止他發言。

史亞整個人渾身一震，叫了起來道：「我記得了，我曾經撞過一個人三次，都是在她大廈的正門外……」

這次連金統也露出注意的神色。

凌渡宇語氣如常，道：「不用急，想一想，他的樣貌是怎樣的？」

史亞道：「那是一個紅種人，他的眼神令人害怕，非常高大，走起路來左腳微跛……」

金、布兩人一齊驚呼起來，金統迫不及待地道：「想清楚，他的右眼下是不是有一道刀疤？」

史亞全身又再一震，叫道：「是呀！那道疤痕足足有三、四吋長。」

布津叫道：「沒有錯，一定是他了！」

凌渡宇轉頭望向兩人，都是神色沉重。

凌渡宇又問了幾句，史亞答不出甚麼所以然來。

布津道：「我們出去再說！」

凌渡宇知道再問下去也問不出甚麼東西來，點頭答應。

三人來到街上。

金統皺眉苦思，布津迎上凌渡宇詢問的目光，道：「史亞見到的人，一定是『紅牛』田維斯，國際性的著名殺手，窮兇極惡，是各地警方通緝的頭號罪犯，不知他為何會捲入這件事內？」

金統道：「我奇怪的卻不是他為何參與了這件事，而是根據我們非常可信的情報，這人現在應該已是一個死人。」

凌渡宇嚇了一跳，叫道：「甚麼？」

金統出奇地和顏悅色道：「田維斯三年前在肯亞染上了愛滋病，當時已病入膏肓，不久便完全失去他的消息，我們用盡一切方法，也找不到他，故此斷定他已死，想不到現在他居然健在，令人難解。」

凌渡宇一顆頭登時大了好幾倍，一個應該死了的人為何會再出現？三人邊説邊行，來到金統的福特車前。

凌渡宇轉頭向布津道：「多謝你！」原來他的機車已完好無恙地給綁在金統車頂的鋼架上，他們來見史亞不過個把鐘頭，布津的手下便已把機車尋回，足見他手下辦事的高效率。

布津微微一笑，一副些微小事，何足掛齒的模樣。

凌渡宇對他大生好感。

金統心情沉重，逕自坐進車內的駕駛位置。

布津和凌渡宇握別道：「我一生還未聽過這樣的怪事，如果有用得着我的地方，一定要來找我，在哈林區，只要説是我布津的朋友，自有人會帶你來見我。」他的口氣很大，但語氣誠懇，所以絲毫不惹人反感。

凌渡宇道：「太麻煩你了！」

布津正容道：「假設一切真有其事，那就不是一、兩個人或是國際刑警的問題，而是整個人類的問題了。」

凌渡宇怵然大驚，一切的事情來得太突然、太快了，快得他沒有思索的時間。布津說得對，所有已發生的事在在顯示出有一種令人無法理解的異力在作祟，可是為甚麼又有人為的因素在其中？他愈想愈糊塗，愈覺知道得愈多，愈令人難解。

布津大力的拍一下他的肩頭，道：「朋友，上車吧，我們的老友要不耐煩了。」

話猶未完，金統連按兩下喇叭，催促凌渡宇上車。

凌渡宇向布津苦笑，搖搖頭，坐進金統旁的座位。

金統一踏油門，汽車開出。

第五章

深入虎穴

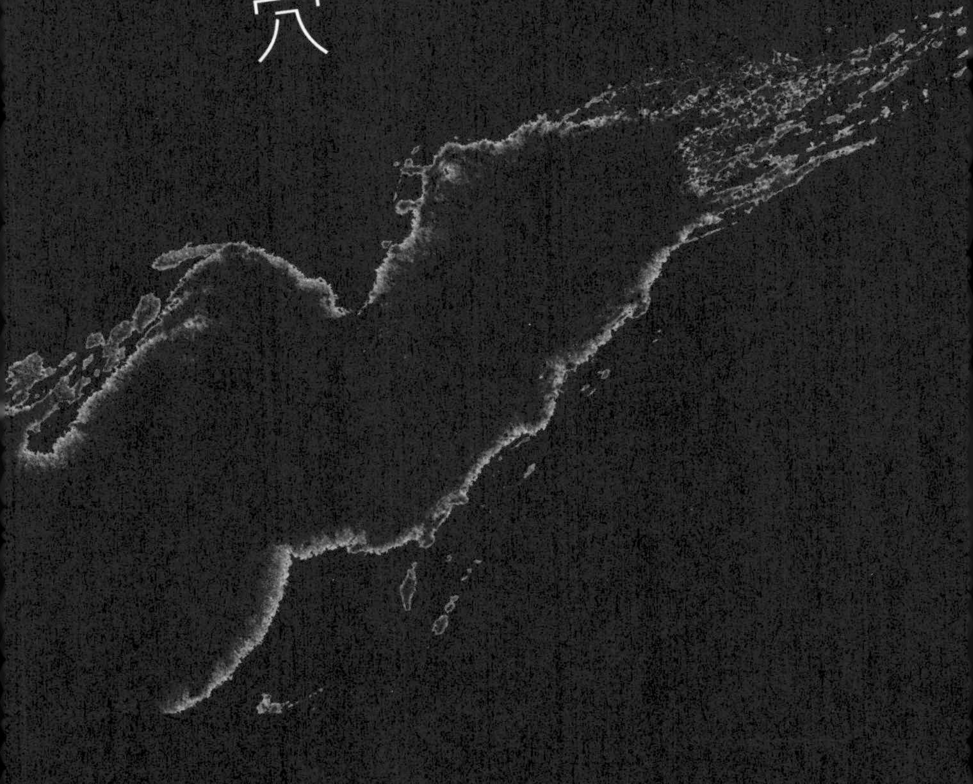

車子飛快在路上行駛。

下午五時四十九分。

兩人一直互不交談，也不知現在應去甚麼地方。

他們之間關係複雜，非敵非友。

這是下班的時間，道路頗為擠塞，令氣氛更為沉悶。

車內忽地響起一下尖長的聲音。金統側望了凌渡宇一眼，取出無線電話，放到耳邊去。

驀地金統整個人彈了起來，怪叫道：「甚麼？」控制方向盤的手一震，車子幾乎劏上人行道上去。

金統的臉色說有多麼難看，就有多麼難看，不過情緒卻回復了過來，沉聲道：「怎麼發生的？」又聽了一會，才掛斷電話，跟着一扭方向盤，轉入另一條街去。

凌渡宇忍不住問道：「我們現在到哪裏去？」

金統兩眼直勾勾地望着前方，道：「到醫院去！」

這回輪到凌渡宇吃了一驚，叫道：「甚麼？」

金統嘆了一口氣道：「威爾失蹤了！在最嚴密的保護下，卻像空氣一般消失了，沒有人知道他甚麼時候失蹤，當醫生要進行檢查時，才發覺他不見了。」

凌渡宇默然無語，彷彿又看到那道神秘的電光。

金統又再低呼一聲，叫道：「看！前面那輛賓士，是馬卜的座車。不知他一個人要到哪裏去？那不是往醫院去的方向。」

凌渡宇道：「跟着他。」

金統這次言聽計從，卻不敢跟得太近，因為馬卜認得他的車。

金統苦惱地道：「這樣的跟法，一定會把人跟丟。」

凌渡宇道：「你若能貼近到一百呎內的距離，我便有辦法。」

金統不信地望了他一眼，右腳卻不由自主地踏上油門，加速前進。

兩車慢慢接近，就在快要進入凌渡宇所說的距離時，馬卜的賓士忽然在路旁停下來。

這時無論是向前直駛，或是隨着他的車停下，都很容易被發覺。

金統的反應也是非常快，急速扭轉方向盤，轉入了一條橫街。

車還未停定，凌渡宇便撲出車外，金統跟出，雙方倒合作無間。

轉出橫街的彎角，恰好看到馬卜下車買煙。

凌渡宇低聲道：「你留在這裏！」不理金統是否同意，逕自向馬卜走去。一邊從袋裏取出一個金屬小盒。

馬卜這時剛好轉身，看樣子是要回到車內。

這是下班的時候，街上行人很多，對凌渡宇相當有利。

馬卜打開車門，一隻腳踏了進去。

凌渡宇加快步伐，逼近至二十多呎內。手中小盒有圓孔的一端，對正馬卜，就在馬卜完全進入車內前，他一按發射的按鈕，一粒沙般大的黑點，疾射向他西裝的袖口，命中後黏附在他衣袖上，馬卜這才關上車門，發動引擎。

凌渡宇馬上回到金統的車內，繼續跟蹤。

金統是一個頑固的人，卻絕不笨，已有點明白凌渡宇在幹甚麼，所以雖然馬卜的車早已不見影蹤，他仍是不慌不忙，從容駕駛。

果然凌渡宇從袋內取出一部電話記事簿般大小的儀器，上面的小型熒幕，有一個小紅點在緩緩移動。

凌渡宇道：「左轉。」跟着不斷指示方向。

這樣遠程地跟着馬卜的車，一個小時後，離開了曼哈頓，向新澤西的工業區駛去。天色漸暗。

凌、金兩人搜索枯腸，都想不到馬卜來這裏要幹甚麼？

追蹤儀右上方有一個電子讀數，正在不斷跳動，顯示出馬卜與他們間的精確距離。

儀器上移動的小紅點停了下來。

在淩渡宇的指示下，金統駕着車子左彎右轉，最後來到一道大閘門前，門衛森嚴，門旁的牆上寫着：「泰臣公司……國防工業重地」。

大閘後是廣闊的空地和數十座樓宇和貨倉，金統不敢即時停下，待車子再滑出百來碼，轉入了一條横街，才停了下來。

金統沉聲道：「你肯定他是進了那裏？」

淩渡宇哂道：「除非這儀器騙我們！」儀器上的讀數是八二八，馬卜現在應該在八二八呎的距離，這個範圍裏，除了那泰臣公司，再無其他的建築物，馬卜當然應該在裏面。

金統不滿地看了淩渡宇一眼，默然不語。

反而是淩渡宇道：「這泰臣公司絕不簡單，近年來出產的各種軍用儀器、武器，大受國際上買家歡迎，所以銷路直線上升，由一個在破產邊緣的公司，一躍而為軍火界的天王巨星。最近還開始生產戰機，預訂者之多，使他們短期內拒絕再接任何訂單。」

金統聽得目瞪口呆，在軍火工業來說，全賴精密和長期的研究，及天文數字的投資，所以幾乎一走下坡，便極難翻身，像泰臣公司這種在短短幾年內不單只完全回復過來，還追過了頭的情形，只可用神蹟來解釋。

金統呼出一口氣道：「想不到你對這方面倒很熟悉。」

凌渡宇淡淡一笑，也不解釋，他參加的「抗暴聯盟」，不時需要訂購軍火，所以不得不對國際上的軍火市場，下工夫研究。

兩人心情沉重，先是名人自殺，跟着卓楚媛、文西、威爾等三人失蹤，他們卻一點辦法也沒有，現在連下一步行動要幹甚麼，說實在的，兩人完全不知道。

馬卜來到這裏，事情看來遠比想像的還要複雜。

國際刑警的總負責人，會和一間世界最先進的軍火工廠有甚麼關係？

他為甚麼不去醫院，卻到這裏來？

金統話題一轉道：「威爾受傷，迫使我對整件事作重新估計，於是我才動用了所有眼線，找到了史亞。」

凌渡宇奇怪地望了金統一眼，這是他早先問金統的答案，那時他勃然大怒，現在卻自動說出來，大有和解之意。

金統續道：「不過我仍然不相信這件事和甚麼奇異力量有關，一定是有人在背後弄鬼。」

凌渡宇嘆道：「我也希望你的推斷正確，對付人總比對付妖精鬼怪有把握一點。」

金統不理凌渡宇的嘲諷，繼續道：「我也想過內奸的可能性，所以那天我撞到你和文西在一起時，放過了你們，就是這個原因。那天你來幹甚麼？」

凌渡宇正要答話，忽地驚呼起來道：「他出來了！」

金統吃了一驚，望回閘門。

一點動靜也沒有。

金統望住淩渡宇手上拿着的追蹤儀，顯示馬卜所在的小紅點正在飛快地移動。

金統訝道：「為甚麼走動得這麼快？」適才追蹤馬卜時，小紅點只是緩緩移動，絕不似目前的速度。照這樣的移動，馬卜早應走出了大門，難道他從另一個出口離開了。

淩渡宇苦笑道：「我也希望知道！」忽地抬頭望向天上，叫了起來道：「直升機！」

金統條件反射般發動汽車的引擎，呼地衝出。

夜空上有兩點紅光，向東方駛去。

金統把車速增至極限，在街道上飛馳，不斷超越路上的車輛，驚險萬分。

金統忽地把車子在路旁停下，詛咒起來，直升機不知去向。

凌渡宇安慰他道：「這是雖敗猶榮，我從沒聽人說過可以用車去追直升機的。」

金統笑了起來，道：「這樣說，難道我們還要慶祝嗎？」

凌渡宇道：「當然！不過是到醫院的餐廳去慶祝！」

金統開動車子，想想到醫院去看看，也是沒有辦法中的辦法。

車子在路上疾馳。

金統說道：「這件事一定是由一個有非常龐大勢力作後盾的組織，為了某一不知名的理由，進行一個驚人的陰謀。」他始終不作接受超自然異力這類的看法。

凌渡宇不作聲，金統奇怪地望向他，凌渡宇神色透出前所有未有的凝重。

金統道：「甚麼事？」

凌渡宇望向後視鏡，道：「你看看跟在我們後面的大貨車。」

金統在後視鏡端詳了一會道：「這只是輛普通的十二噸大貨車，奇怪！」看一看車內的儀錶板，指針顯示車時速是九十多哩，續道：「為甚麼它要用這樣的高速行駛？」

凌渡宇道：「這輛貨車大不簡單，轉彎時比你的老爺車還靈活。」

金統説道：「我車子的真實性能遠勝它的外型，我才不信。」一扭方向盤，車子來了個九十度的急轉，走上了高速公路，以一百二十多哩時速前進。輪子和柏油路激烈地摩擦，發出吱吱尖叫。

沒多久，金統目瞪口呆，那巨型的貨車靈巧地轉了一個彎，從容不迫地跟在背後。

凌渡宇道：「這輛貨車是超時代的設計，你休想擺脱它。」

金統悶哼一聲道：「若是它要來對付我，我保證它吃不完兜着走。」

拿起無線電話，想通知警界的朋友，臉色倏地大變。

凌渡宇淡淡道：「是否有干擾？」

金統點了點頭，道：「那為甚麼還不動手對付我們？」跟着笑道：「你看它的車頭是否會裂開，伸出火箭炮來？」他開起玩笑來。

凌渡宇對金統的鎮定相當欣賞，道：「在他們發射火箭炮前，我們最好先撤離你這偽裝劣車的好車。」

金統啞然失笑道：「一分鐘後我們駛上新澤西大橋，過橋後有個大公園，就在那裏下車如何？我看它能拿我們怎樣。」兩人的語氣間不自覺地把大貨車當作有靈性的東西，事實上無論他們的福特如何左搖右擺，大貨車也相應地擺動地來，像拖車一樣。假設這是與某一種的自動追蹤系統操縱和指揮下的現象，真可說是前所未聞了。

凌渡宇嘿然道：「我看如果我們犧牲小我，投河自盡，一定會多個陪死鬼。」

金統一邊加速，一邊道：「對不起，命只有一條，恕我不奉陪了。」

新澤西橋在望。

凌渡宇驚呼起來：「小心！」

金統猛踏油門，面前驀地閃出一輛巨型貨車，把前路完全塞滿。尾隨的貨車超前了。

驚人的事發生了。

貨車的尾廂緩緩打開，一道滑梯斜斜地垂了下來。

貨車上二十呎長的尾廂，是個設計巧妙的囚籠。

另一車道上沒有來車。

凌渡宇大叫道：「轉向！」

金統怒喝道：「我會不知道嗎？」他用盡全力，方向盤卻一動也不動。

金統踏上煞車掣，可是車子依然高速前進，欲罷不能。

車子完全不受控制，向着貨車後的滑板駛上去。

金統一把抽出手槍，伸出窗外，把子彈全打進貨車的車廂去。一點用處也沒有，汽車駛上二十度傾斜狀的滑板上。

凌渡宇叫道：「車門鎖死了。」話猶未已，兩人已衝進貨車後尾廂的黑暗裏，尾廂門在車後關上。

一切靜到極點，汽車安詳地停在黑暗裏，前一刻還是以高速行駛，一衝進貨車車廂內，驀然凝止，失去了一切動力和衝力，那種感覺令人難受之極，幾乎要嘔吐起來，那是最極端的「失速」。

尾廂有隔音的功能，使人完全聽不到外界的聲音，像一個真空的無聲世界。

只有兩人的心跳聲。

金統道：「為甚麼我的心跳比你快那麼多？」其實不只心跳，連他的呼吸也比凌渡宇急促得多，顯示他在前所未有的震駭裏。

黑暗中凌渡宇傲然一笑，他自幼苦修瑜伽和禪坐，若連這點修養也缺乏，怎對得起歷代祖師？他淡淡道：「那跳得快好還是跳得慢好？」

金統呆了一呆，答道：「快是代表衝勁和生命力，當然是『快』好。」
兩人靜了一靜，一齊爆起狂笑，哪似身陷險境、遭人生捉活囚的人？
凌渡宇一扭車門，咦了一聲道：「門可以開了，你試試能不能發動引擎。」
金統頹然道：「早試過了，不可以，對方究竟用甚麼武器，這樣可怕。」
凌渡宇沉默了一會，道：「你信不信，現在對付我們的，絕不是人。」
若早先凌渡宇這樣向金統說，金統一定破口大罵，這一刻他卻耐着性子，沉聲道：「你有甚麼憑據？」
凌渡宇道：「說出來你也不信。」走出車外，在黑暗的貨車車廂內摸索。
貨車以高速行駛，凌渡宇要不斷改變重心，以保持身體的平衡。
另一邊傳來零碎的聲音，凌渡宇知道金統也和他幹着同樣的事，結果當然一樣；這車廂以厚鋼板建成，全無門鎖，插翼也難飛。

這兩個同陷險境的人很快又聚在車內，他們放鬆心情，讓身體軟軟地挨在汽車的座椅內，養精蓄銳，以應付任何即將降臨的厄運。

金統道：「有一件事非常奇怪，貨車現正以高速行走，剛才我在車外幾次幾乎滾倒地上，但這汽車我並沒有拉起手煞車，連打開了的車門也不見晃動一下，你說這是甚麼道理？」

凌渡宇苦笑一下，他早已注意到這一點，車內像是個靜止了的世界，一切是那樣和平和安定。

金統並不祈求凌渡宇有甚麼答案，追回早先的話題道：「你剛才說，有些事說出來我也不信，那究竟是甚麼事？」

凌渡宇醒悟到金統倒不是那麼有興趣聽他的解釋，而是在這瘋狂的寂靜裏，說話可以把注意力扯離這令人不安的等待。

凌渡宇道：「我有天生的第六感，每逢有危險臨近時，會預先有感應。」說到這裏頓了一頓，金統這次倒很有耐性，沒有橫加打斷。

凌渡宇續道：「我十八歲那年，卻被一堵自動倒塌的頑牆壓個正着，還打破了頭，事前卻一點預兆也沒有。」

金統笑道：「你的第六感看來也會買大開小！」

凌渡宇在黑暗裏搖搖頭，道：「後來又經過了幾起同類型的事件，我終於得出一個結論，就是我這種預知危險的異能，只對有生命的物體起感應，但每次『電光』出現前，或是現在這大貨車，我都沒有絲毫的預感，所以我敢大膽地說，這一切都不是有生命的物體所為。」

金統皺眉道：「也不一定是這樣，可能這生命體的精神層次，遠遠超出你這特異預感的範疇，所以你難生感應……」說到這裏噤口不言，連他自己也為這個得出的推論感到震駭。

那會是甚麼形式的生命？能令人忽然失去蹤影、自願放棄生命，操縱貨車，使他們現在身處的汽車陷入奇異的靜止狀態，又有一班人為「他」

賣命。但為甚麼「他」不把他們「攝」走，那不是更乾脆俐落？反而要像現在這般轉折，目下又要把他們帶到哪裏去？

金統心亂如麻。

在汽車的黑暗裏，一點也感覺不到貨車的移動。

凌渡宇沉默了好一會，嚴肅地道：「金統先生，我想問你一個問題，可能對整件事的水落石出，有很大的幫助。」

金統霍然驚醒，迅速答道：「請說！」

凌渡宇正要發問，驀地響起玻璃破碎的聲音。

汽車前的擋風玻璃整塊粉碎，粉末濺飛。

金統驚叫道：「麻醉氣！」一股濃烈的氣味，充斥整個黑暗的空間。

金統側倒在凌渡宇身上。

凌渡宇知道金統已不省人事，他卻不驚反喜，閉上口鼻的呼吸，改以皮膚呼吸，這種技倆，在苦行瑜伽上只屬小玩意，技精者能入水不死，加上凌渡宇對藥物的奇異抗力，凌渡宇有信心可以保持清醒。

他裝作暈倒椅上。黑暗裏一時靜寂無聲。

像過了一個世紀般的長時間後，貨車的尾門緩緩升起，幾支強烈的手電筒光線照射進來。

有人在門外發命令道：「將他們抬出來！」

第六章

離奇遭遇

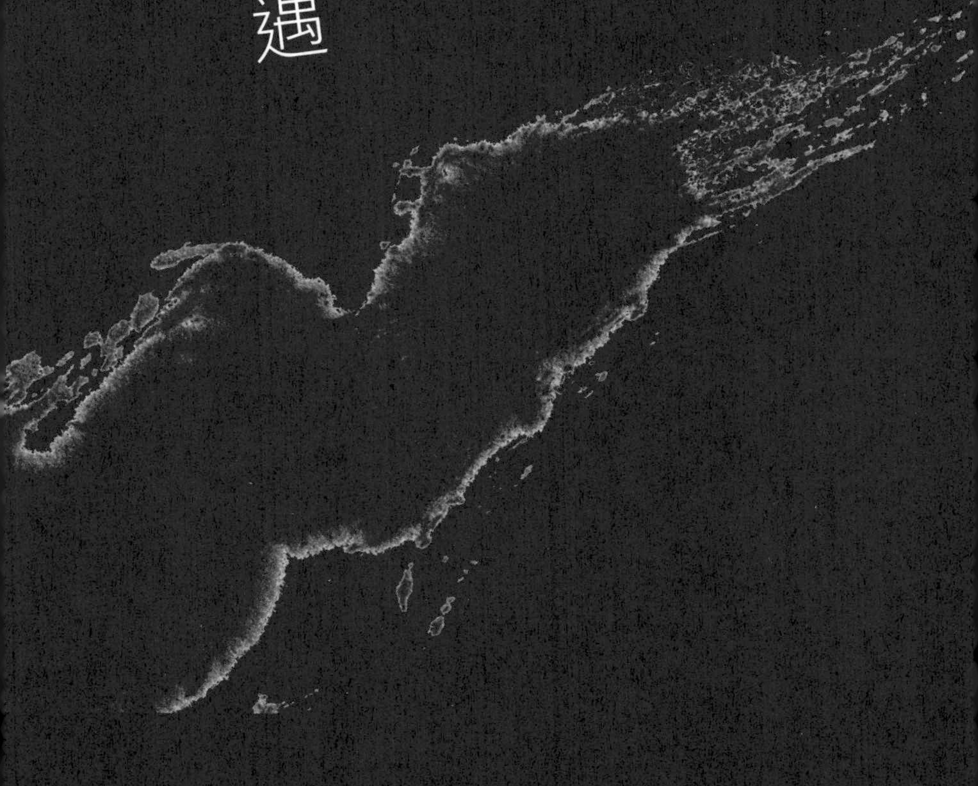

金統和淩渡宇兩人在被搜身後，給放在擔架上，像重病的人，被運送往某一不知名的地方。

淩渡宇不敢張開眼睛，怕被對方發現。

敵人一直默然不語，不過細聽足音，最少有十多人在押送他們。

這還不是發難的好時候，他要深入虎穴。

押送的隊伍進入建築物內，乘搭升降機，停了下來，淩渡宇感覺到被放在地上。

這是一個室內的空間，靜得每個人的呼吸都清晰可聞。

淩渡宇異乎常人的知感，感到有人正在仔細地觀察他。

一把低沉柔和的女子聲音道：「這就是『阿達米亞』要生擒的人，也是『光神』要的人。」

另一把老人的聲音道：「是的，芬妮小姐，『光神』把他帶來給我們。」

芬妮小姐的聲音響起道：「『阿達米亞』吩咐把這人送到『光神殿』。」

老人問道：「那怎樣處置另外這個人？」

芬妮小姐道：「把他留在這裏，待『阿達米亞』吩咐後，再作處理。」

這些人說話條理分明，顯出一定的教養水平，完全沒有狂亂的感覺。

他們究竟是甚麼人？

這個念頭還未完，凌渡宇便被人抬起，不一會停了下來，升降機門關閉的聲音響起，他感到向上升去。升降機停下，門開，又給人抬了出去。

芬妮小姐輕聲道：「把他放在這裏。」

又被放在地上。

跟着是離去的足音，這些人把腳步放到最輕，生恐驚擾了某一個人。

遠處傳來升降機啟動的聲音，這似乎是離去的唯一通道。

凌渡宇細察空氣的流動，感到這是一個龐大的空間，看來這裏就是

「光神殿」了。光神究竟是何方神聖，難道真是一個神？阿達米亞又是甚麼人？

只有兩個人的呼吸。

芬妮小姐的聲音響起道：「阿達米亞！光神要的人送來了。」

阿達米亞並不回答，一點反應也沒有。

芬妮小姐沉默了一會，溫柔地道：「阿達米亞！人送來了。」聲調中含有令人震慄的深情。

凌渡宇估計這阿達米亞一定時常都是這樣被問而不答，所以芬妮才兩次相詢。

一把男聲響起道：「噢！知道了！」他的聲音平和悅耳，很是動聽。

阿達米亞忽地道：「為甚麼只發展了左邊，而不是右邊……為甚麼會是這樣？」

芬妮小姐和凌渡宇一樣疑惑，不過她卻可以發問，大惑不解地道：

「甚麼左和右？」

阿達米亞這次答得很快，道：「『光神』告訴我，真正的我們是在『右邊』，而不是在『左邊』，我們卻發展了『左邊』，那是人類最大的錯誤。噢！這就是那個人！」

凌渡宇感到阿達米亞的眼光在他身上巡遊，正想躍起身來發難，阿達米亞又道：「我要去見『光神』，向祂請示。」

凌渡宇嚇了一跳，這光神竟然是個可以謁見的「神」？難道真如金統所料，是個比人類高級的生命體？又或是外星人？

阿達米亞的腳步聲逐漸遠去。

凌渡宇忍不住把眼簾打開一線，柔和的燈光下，一個金髮苗條的女子，背着他站立，身形優美動人。

這是個很大的空間，像個大禮堂，沒有任何傢具，也沒有窗戶，阿達米亞腳步聲消失的方向，有一道橫亙的黑色大布幕，透着極度的神秘，光神難道就住在裏面？想到這裏，凌渡宇好奇心大盛。

「噢！」耳邊傳來女子的驚呼。

凌渡宇大叫不好，自己一時疏忽，竟然察覺不到芬妮正轉頭迴身，看到自己睜開雙目。他的反應何等迅捷，在芬妮還未叫出聲時，整個人藉腰力彈起，左手閃電劈出，切中芬妮頸側的大動脈，芬妮應手倒下，凌渡宇一手把她抱着，不讓她倒跌受傷。

凌渡宇把芬妮的面孔抬高，那是非常秀氣的顏容，年紀在二十五、六間，像位有文化和藝術氣質的大學教師，遠多於一個神秘和與擄人謀殺有關的恐怖分子。

凌渡宇沒有時間思索，緩緩把芬妮放倒地上，眼睛望向那把整個大廳隔斷的垂地大黑幕，他一定要以迅雷不及掩耳的手法，先把那個叫阿達米亞的男子擒獲。

凌渡宇一個箭步颷前，來到黑幕的正中。他猶豫了一下，才把幕分開，他估計阿達米亞一定是在簾幕內，可能還有那「光神」。

眼前的情景令他整個人跳了起來，他不能相信自己的眼睛，所有擬定的行動，一項也用不上來。

沒有阿達米亞。

沒有光神。

沒有任何人。

甚麼也沒有。只有一條無窮無盡的通道，光禿禿的牆壁，斜斜向上延伸至無限的深處。

凌渡宇呼吸也停止了，不由自主地步入通道裏，腳步聲在空闊的通道裏份外刺耳，活像鬼怪步步纏追。

走了十多步，凌渡宇轉身回望，這一看連膽大包天的他也嚇得驚叫起來。

黑幕消失不見，身後也是無窮無盡的通道，由低向上伸展過來。

這是怎麼一回事？

這一定是幻象。淩渡宇狂叫一聲，一腳蹴向身旁的牆壁。跟着是一聲慘叫，淩渡宇縮回劇痛的右腳，痛楚是那樣地真實。牆壁的堅硬是不容置疑的。

淩渡宇挨在通道一邊的牆壁上，大口地喘氣，水泥牆壁的冰冷，令他逐漸平復下來。

看着向左右無限延展的通道，他第一次感到不知如何是好。

沒有任何方向感！

這是否是另一個宇宙的空間？

過了好一會，淩渡宇收攝心神，大步向前走上去。

通道的寂靜使人瘋狂，每隔十多碼，通道的頂部便有一個發亮的光格，昏黃的燈光灑射下來，把通道沐浴在黃色的光暈裏。

他不斷向前走，通道永無休止地伸延，他完全失去了時間和方向，只知機械化地向前推進。

不斷的步行、不斷的腳步聲、不斷的回音。

有很多瀕臨死亡又幸而不死的人，都述說走入一條通道裏的經驗，也許便是這樣的一條通道。

在凌渡宇開始懷疑自己已經死去的時候，他看到了自己。

另一個凌渡宇驀然在前方出現。

凌渡宇整個人跳了起來。

面前的凌渡宇也跳了起來。

凌渡宇心中一安，這只是一面鏡子。但很快便感到不妥當，原來當他踏回實地時，面前的那一個凌渡宇仍然躍在半空。

凌渡宇臉色煞白，噗！噗！噗！一連退後了三步。

面前的凌渡宇緩緩落下，有若電影裏的慢鏡頭。一降到地上，這另一個凌渡宇旋轉起來，旋轉的速度驚人地迅速遞增，很快變成一個「人」的陀螺，又像一股龍捲風暴。

更奇異和令人難以置信的變化出現。

打着轉的陀螺逐漸失去實體，變成一團光雲，逐漸明亮和擴大起來。光雲裏若隱若現地化出一個矇眩的影像，在光雲的核心翩翩起舞游走。

凌渡宇瞳孔擴大，全身麻木，完全失去了應變的能力。這不是因為情景太詭異，而是他看到一些深心中最渴望的東西，一些最美的東西，一種只能存在夢境裏的美好事物，成為活生生的現實。

通道消失，變成一個難以界劃的奇異空間，充滿了柔和的光彩，這光彩並不是靜止的，而是順着光譜由紅變紫，又反次序變了回來，一切是那樣奇異和美麗。

光雲中的人形逐漸形成人體，愈來愈清晰。

那是一個女人。

一個超乎世間任何美態的女子。

她的雙眸像嵌在漆黑夜空中的藍寶石，赤裸的身體，水晶般豐瑩通透，在光雲中充滿了活力，跳躍飛舞，每一個姿態都是美得無懈可擊，沒法挑剔。

她的輪廓、身形遠勝任何畫師筆下的維納斯女神，高貴中帶着強烈的誘惑。

美女從光雲中走出來，繞着淩渡宇飛舞游走，赤裸的胴體散發着令人目眩的白光，修長的手不斷伸向淩渡宇，長而有力的拇指着地，略一觸便彈上半空，作出一個只應天上有的優美姿態。她的動作有時疾若閃電，有時緩若飄羽，極盡美妍之能事，卻沒有一絲猥褻的意味。

周圍的空間開始變化，像天空般那麼寬廣深邃，慢慢暗黑下來。

漆黑裏發亮的美女天仙妙舞，忽隱忽現，在永恆裏作出淩渡宇深心中夢寐以求的美態。

美女在黑暗裏激起光彩奪目的漣漪，灑出一片一片的光雨，灑落在淩渡宇身上和四周的空間。

美女愈來愈有生命力，忽地向淩渡宇靠來，一觸淩渡宇，又退至深黑的遠方，變成一個小光點，光點剎那間變大，第二次接觸淩渡宇。

每一次交接都帶來震撼淩渡宇心靈的感受，那並非肉體的實質接觸，而是一種心靈的連結，他感到美女對他那無盡的愛，那種大海般使人沉溺的「真愛」。

他想哭，卻哭不出聲。

這種愛，是他一出生後無時無刻不在追求的東西。就算在卓楚媛和艾蓉仙身上也找不到。

人類有一基本的悲哀，就是那種「永感不足」的感覺，即使情侶緊擁在一起，設法把靈慾互相交結，他們仍然只是「孤獨」地努力去享受和想像自己私人的感受，再「幻想」對方的感受，就像兩個獨立的孤島，各不相干。詩人對明月詠嘆，明月自是明月，詩人自是詩人，理想有若水中之月，永不可及。但在這一刻，凌渡宇卻真正地無需努力地，享受到和直接感受到「愛情」。

他無需透過任何語言，也可感受到對方的愛。

如果世間的愛情像觀看那水中之月，這一刻他已把水中之月撈在手心。

美女狂歡地飛躍迴旋。寶石般的美眸向他閃射誘人的光芒和期待。

恍惚間凌渡宇跟她一起飛躍，沒有任何肉體那令人卑賤的限制。

他們在夜空中翱翔，完全脫離了人的枷鎖。

美女的長髮波浪般起伏，恍若掃過原野的輕風。

凌渡宇感到出奇地虛弱，心中升起一股明悟：這美女是藉着他的能量而存在，這一切也是藉着他的能量而存在，是一股奇異的力量，引發了這一切一切，引發了他未知的某一面，引發了他深心內的渴求。

想到這裏，他怵然大驚。停了下來。

美女重複先前誘人的動作。

凌渡宇心中天人交戰，一方面他渴想和美女一同共舞，另一方而，他又知道這大是不妥。

累年的禪定，使他在懸崖邊掙扎。

凌渡宇一口咬在提起的手臂上，鮮血濺出。

剎那的痛楚，使他完全回復清醒。他一聲狂叫，身子向後暴退。一退便退出黑布幕外。

眼前一切依舊，垂地的黑幕橫亘在「大殿」的中心，身後那芬妮小姐仍然蜷臥在原來的位置，可是凌渡宇已失去了揭開布幕的勇氣。

他一連向後退了十多步，咕咚地坐倒地上，剛好在芬妮小姐的身旁。

他無意識地望向美麗的芬妮，慘呼一聲，別轉了臉，原來他居然覺得芬妮醜陋不堪，遠比不上他腦中那鮮明美麗發光的女子，那深心中追求的形象，使他對芬妮的美色不忍卒睹。

後悔湧上心頭，他躍起向黑幕衝去，只有裏面才有那最有意義的東西，其他一切都是平凡和乏味。管他是甚麼！

他的手觸上布幕，又踉踉蹌蹌向後倒退。不！他要逃走，離開這裏。跌跌撞撞地來到升降機前，一手壓在按鈕上，機門即時打開，凌渡宇想也不想，衝了進去。

升降機只有上下兩個按扭，凌渡宇一把按在下面的按掣。

機門關上，徐徐下降。

機門打開，升降機外站了兩個人，一見竟是凌渡宇，愕然以對。

凌渡宇一個箭步颷前，趁對方發呆的剎那，左右手同時擊中那兩人的額側，對方一齊應聲倒地。凌渡宇一俯身，順手牽羊，從他們身上掏出手槍。

升降機外是一個客廳模樣的地方，廳心站着幾個人，聽到異響，都一齊望向凌渡宇那個方向，恰好見到凌渡宇猛虎般向他們撲來。

凌渡宇完全回復過來。

對方反應快的，已伸手入外套內掏槍。可惜他們的對手是淩渡宇，他手舉雙槍，高喝道：「舉手！」

對方幾人臉色齊變，緩緩舉起雙手。

淩渡宇大感滿意，向舉着手的敵人走去，金統仍然躺在擔架上，不省人事。

其中一位道貌岸然的白髮老者搖頭道：「朋友！你逃不出去的。」

淩渡宇哂道：「你留點精神去擔心你自己的命運吧！」他認出這是先前那老者的聲音。

淩渡宇跟着用槍嘴指了指金統，道：「救醒他！」

老者道：「藥物不在這裏。」

淩渡宇臉容冷酷地道：「我現在給你三十秒的時間，若我的朋友還未醒來，我就先槍殺你們其中一人。」

老者眼中閃過憤怒的神色，很快又壓制下來，凌渡宇冷硬無情的神色，使人感到他絕非說笑。

老者沉聲下達指令，立即有人走往金統處，取出一小筒噴劑，噴在金統的鼻上，一股濃烈難聞的氣味，充斥在整個空間裏。

老者似是眾人的領袖，道：「凌先生果然不凡。」

凌渡宇心中升起羞慚，若對方知道他連那黑幕也不敢揭開，不知對他有何感想？他只是一個失敗者，不敢面對深心內渴求的理想。

金統掙扎了幾下，鼻管咿咿唔唔發出聲音，登時把凌渡宇的注意力吸引了過去，回復警覺。

那噴劑效用神速，金統回醒過來。

凌渡宇鷹隼般的目光，罩定各人，一邊急步走到金統身邊，若有一條濕冷的毛巾會更好，但他無從獲得，惟有蹲身把冷冰的槍管，貼在金統的臉頰，輕輕拍打，低喝道：「醒來吧！金統！」

金統又掙了一掙，張開眼來，呆了數秒，驀地「呼！」一聲坐了起來，眼神由茫然轉為清醒。

凌渡宇心中讚了一聲，金統不愧是受過嚴格訓練的人，在這麼短的時間內恢復了神志，對自己大增助力。

金統接過凌渡宇遞給他的槍，站了起來道：「就是這班牛鬼蛇神在搞風弄雨。」一眼中射出憤怒的光芒，大步向廳心眾人走去。

凌渡宇亦步亦趨，跟在他身後。

金統喝道：「誰是代表？」

凌渡宇指着那老者道：「看來是他了。」

金統粗暴地向各人搜身，每一個人都被命令伏在地上，最後只剩下老者一人站立。

金統道：「電話在哪裏？」不待老者回答，他的眼睛已逡巡到廳側一套組合沙發旁小几上的電話，大步走了過去。

趁金統打電話的空檔，凌渡宇向老人問道：「你的身份和姓名？」

老人抿嘴不答，臉上神情堅決。

凌渡宇雙目奇光忽現，全力展開他拿手的催眠術。

老者眼中出現茫然的神色，忽又回復堅強穩定，這人心志堅毅，是催眠者最頭痛的施術對象。

凌渡宇話鋒一轉，道：「『光神』對你們好嗎？」

老者呆了一呆，這句話奇峰突出，是凌渡宇的攻心之策，減低老人對抗的敵意。

凌渡宇步步進迫，不讓他有任何思考的時間，道：「芬妮小姐說，阿達米亞要你和我合作。」這句更是胡謅之至，凌渡宇要引起他思想上的混亂。

老者果然愕了一愕，眼中露出茫然的神色。

凌渡宇眼神深邃無盡，像兩個無底深潭，緊緊攫抓着對方的心神。

凌渡宇聲音放得更柔和友善，道：「你叫甚麼名字？」

金統這時走到凌渡宇身旁欲言又止，但凌渡宇已無暇他顧，全力以精神去駕馭對手。

老人茫茫然地道：「人生實在太苦悶了，光神是我們的希望。」

凌渡宇想不到會引出這句話來，但他卻有同感，比起適才的遭遇，人生實在是太悶了。其實他最想問的問題，就是卓楚媛等人現在身處何方，但這時為了不令對手產生對抗的意識，不得不順着他來說話。

凌渡宇道：「光神是從哪裏來的？」

老者搖頭道：「是他找到了我們，他乘着閃電，來到地上。」

凌渡宇道：「光神要你們做甚麼？」

老者臉上現出興奮的神色，道：「祂不要求任何東西，反而要幫助我們，幫助我們回到天上做神，光神說祂只是我們的忠僕，我們才是神。」

凌渡宇大感愕然，心忖這算是哪門子道理？不過已不由得他多想，其他的敵人隨時會出現和反擊，必須速戰速決。

凌渡宇道：「光神在哪裏？」

老者在催眠下，陷入混矇的狀態，閉上雙目，緩緩道：「祂可以在任何地方出現，祂的神體卻被供奉在飛船的神龕內。」

凌渡宇心中一震，難道真是外太空來的外星人，隨着太空船來到地球上？

他打蛇隨棍上，問道：「那些祂找來的人，是否也在那裏？」

老人震了一震，露出掙扎的神情。

凌渡宇不敢放鬆，道：「是不是也在飛船內？」

老人呆了一呆，點頭道：「是的！」

凌渡宇問道：「飛船在哪裏？」這時他也緊張起來，假設老者的答案是在天外，他就算有太空總署在背後支持，恐怕也是一籌莫展。

老者道：「在……」

異變突起。

四周暗黑下來。伸手不見五指。

凌渡宇暗罵一聲，一個箭步向老者颷去，照他估計，定是手到擒來，一來對方受制於催眠術，神志混沌；二來以他的身手，即使對方壯健如牛，也難逃他的指掌，何況只是一個上了年紀的人。

他立即知道自己錯了，老者並不在那個位置，這怎麼可能？他靈敏的聽覺清楚地告訴他沒有任何人移動帶起的風聲，包括伏在地上的敵人，他迅速走動，四周空無一人。

在凌渡宇駭然時，左邊風聲壓體，凌渡宇一言不發，一個右勾拳向對方痛擊。

對方身手非常了得，一側頭避過他的鐵拳，低喝道：「是我！金統！」

凌渡宇尷尬收拳，幸好這是不見指掌的黑暗，否則金統會看見剛才他在極度震駭下，已失去了應有的冷靜。

兩個患難的人又聚一堂。

金統低聲道：「你是否記得大門的位置？」

凌渡宇不答反問，道：「你通知警方了沒有？」

金統廢然道：「電話受到干擾，我們的敵人招招領先，連這樣的優勢也可以剎那間瓦解冰消。」又悶哼了兩聲，他的性格剛強之極，絕不言敗，但面對接二連三的受挫，也感氣餒。

凌渡宇道：「跟我來！」向前撲去，暗忖只要貼到牆邊，哪怕找不到出口。

兩人一齊慘呼！向後踉蹌倒退。

原來不出三步，一齊撞上堅硬的石壁。

這是不可能的。

他們一直在廳心活動，最近的牆離他們最少有四、五十呎，怎會才走兩步便撞上牆壁？

跟着是「砰！砰！」兩聲，夾雜着兩人的慘叫聲，原來他們才退了兩步，背脊亦撞上一堵硬牆。

整個空間在他們不能察覺下，徹底改變了。

兩人互相聽到對方的呼吸聲，顯然都是在極度的震駭裏。

柔和的光，慢慢亮起來，片刻前還是僅可見物，剎那後兩人已不能睜目。

光線太過強烈了，把一切物質，包括他們的衣服和身體，都幻化成沒有實質的物體。

在炫人眼目的白色強光下，他們兩人正在一道十二呎許的正方形廊道裏。

廊道平伸往左右兩邊。

凌渡宇望向金統，後者眼中射出驚駭欲絕的神情。凌渡宇頗有一點快感，金統一向不信怪力亂神，這一來足夠他消受的了。他有了早先的經驗，大大增強了應變的能力。

凌渡宇站起身來道：「兄弟，左邊還是右邊？」

金統大口大口地吸氣，勉力站起身來道：「對不起！我身上的東西全給他們搜去，沒有銅幣，不能擲幣決定。」

凌渡宇像是忽地想起一件事，喃喃道：「左、右、左？或右？是不是這個意思？」

金統遭遇此件怪事，早已暈頭轉向、不辨東西，凌渡宇這幾句話，更是令他一頭霧水，他不知道這是凌渡宇想起阿達米亞所說的「為甚麼只發展了左邊，而不是右邊」，自然是無從理解。

凌渡宇並不浪費時間去解釋，向右邊走去，道：「讓我們來賭賭運氣。」

金統聳聳肩，跟着凌渡宇向廊道的右邊走去。

光線不知從哪裏透出來，卻一點熱度也沒有，倒是相當涼快。

兩人在寂靜的廊道愈跑愈慢，金統終於支持不住，倚着牆停了下來，道：「我要歇會！」長廊似乎永沒有盡頭。

凌渡宇正要回話，強光開始暗下來，不久便回復伸手不見五指的黑暗。

兩人驚魂未定，一點光芒在遠方亮起。

金統叫道：「那是出口。」通道的一端灑射出柔柔的日光。

就像兩個在荒島苦待的餘生者，看到來援救的船隊。

凌渡宇首先躍起，歡呼道：「快來！」

金統死命跟隨。

出口的光源愈來愈擴大，顯示他們迅速接近出口。

兩人終於來到出口處，驀地停了下來。

強烈的日光從外射進來，使他們完全看不見出口外的情景。

在出口的盡端，有一幅大玻璃，把整個出口封閉起來。

金統敲了玻璃幾下，原本失望的臉容露出興奮的神色，喜道：「玻璃並不厚！」

凌渡宇向他一點頭，兩人連番患難，大有默契，同退後幾步，然後全力以肩膊向封着出口的大玻璃衝去。

玻璃濺飛。

整幅大玻璃瓦解下來。

兩人踉蹌向前跌出，強大的衝力，使他們滾倒地上。

四周充斥着人們的叫聲和汽車聲。

兩人駭然地發覺他們正倒在曼哈頓熱鬧的市中心街道上，四周的行人驚呼走避，看着他們兩個人。

日正當午，一地的碎玻璃。

凌、金兩人對望一眼，望向通道出口的方向，只有一塊碎了的大玻璃，卻沒有任何出口，那只是一間書店的落地玻璃窗罷了！

一個怒氣沖沖的女人大步向他們走來，道：「你們這兩個瘋子，為甚麼要撞毀我的書店？我要報警。」

金統推讓道：「聽說閣下應付女人最是高明，這是你一顯身手的機會了。」

凌渡宇苦笑道：「我可以應付那個女人，但請你應付我身後這個男人。」

金統望往他身後，一個警察不懷好意地排眾而出。

金統怪叫一聲，整個人彈起來。

此時不走，更待何時？

第七章

力圖反攻

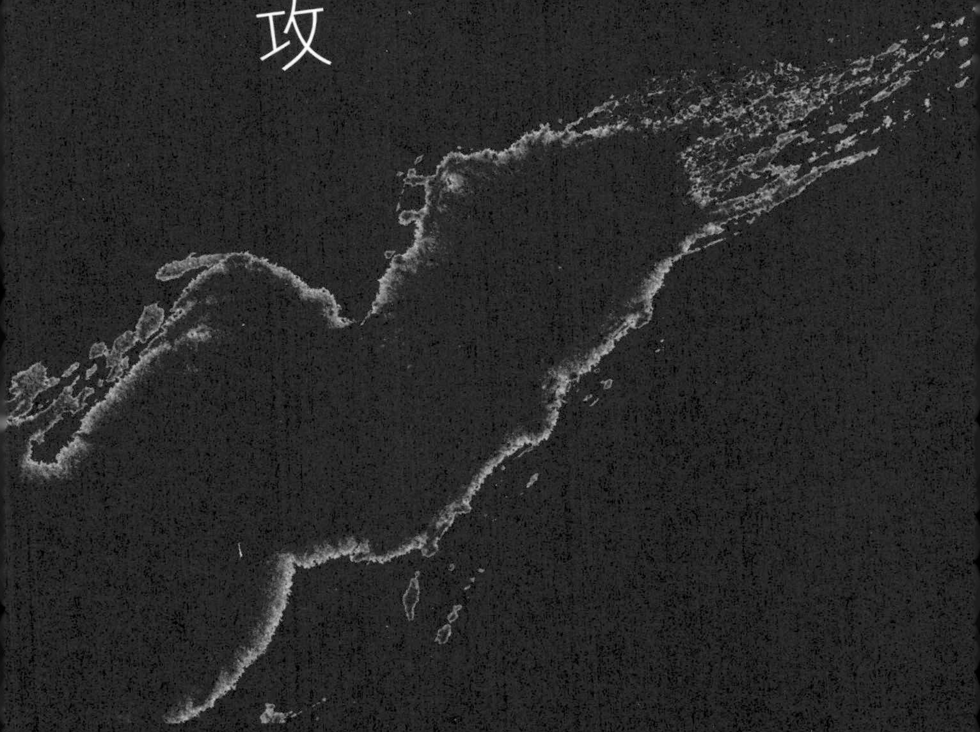

他們經歷了很多事：名人的失蹤和自殺、威爾的受傷、在醫院的失蹤、卓楚媛和文西的消失、神秘的電光、活像有靈性的大貨車、神秘的組織和人物、阿達米亞、光神、神奇的通道，這許多事，在在都指示出有一股神秘的力量參與其中。

這力量究竟是正是邪，他卻分不清楚。

說祂是正，偏偏祂又與擄人和謀殺連在一起。

說是邪，祂卻從未正式加害任何人，包括他和金統在內。

「喂，你在想甚麼？」

坐在安樂椅上的淩渡宇抬起頭來，見到金統一邊用大毛巾擦乾頭髮，一邊以詢問的眼神看着他。

他們剛從憤怒的書店女老闆和警察的追捕下逃回來。

這是淩渡宇的臨時寓所，金統原本提議到他家去，但淩渡宇以保密為由拒絕了他，誰說得定金統的家不是住滿了敵人？

凌渡宇也是剛沐浴完畢，享受這數天來從未曾有的休息，聞言笑道：「我也不知在想甚麼？或是要想甚麼才好？」

金統同意地點頭，他自己的思想亦是混亂不堪，像一大團亂線，線頭不知埋在哪裏。

金統記起了一件事，問道：「在貨車的尾廂內，敵人放麻醉氣前，你曾問我一個很關鍵性的問題，但你來不及問，我便暈倒了，那究竟是甚麼問題？」

凌渡宇正容道：「你是否記得我曾向你說過，楚媛私自留起了一些有關名人自殺的資料，沒有寫在她的報告上。」

金統想起當日處處阻撓卓楚媛，神情不大自然，道：「記得……其實她為甚麼不寫在報告上，那將會增加說服力。」

凌渡宇道：「這正是問題所在，資料一定非常重要，否則也不會有人故意破壞她儲存在電腦中的檔案，但為甚麼她不把資料加在報告上？」

金統皺眉道：「是的，為甚麼會這樣？那天會議她已準備説出來，可惜……」以他的性格，肯表示這樣的悔意已是難得。

凌渡宇道：「我想道理非常簡單，這一定是那資料並不適合公然寫在報告上，想想你們國際刑警會有些甚麼禁忌。」

金統霍然道：「我明白了。」

凌渡宇期待地望着他。

金統徐徐嘆了一口氣，道：「你知不知道我們國際刑警有所謂的三不管？」頓了一頓，續道：「就是對舉凡有關『宗教』、『種族』和『政治』這三方面的事情，都絕不插手。在一般情況下，我們只是幹着各地警方的中間人，做穿針引線式的聯繫工作。只有威爾負責的『特別行動組』是一個例外，負起各式各樣稀奇古怪的任務，唉！不過我一直無緣沾手。」作了個無奈的表情。

凌渡宇心知肚明，金統因為當不上「特別行動組」的主管，加上對超自然事物的偏見，所以才會對卓楚媛那樣地充滿敵意。

金統道：「即使是『特別行動組』也不可以管這三方面的事情……噢！我知道了。」臉上現出恍然大悟的神色。

凌渡宇在他一說出三不管時，便早已智珠在握，接口道：「所以正因為楚媛得到的資料，牽涉到其中一方面的問題，所以她才要求一個秘密會議，可惜你這個混蛋，加上馬卜那老狐狸，把『是』說成了『非』。」

金統漲紅了臉，不過他是肯面對錯誤的人，道：「聖人也有錯，何況我只是個凡人。」

凌渡宇不欲逼人太甚，適可而止地道：「若是和這三方面的其中之一有關，便一定是宗教，這亦說明了這宗教是有跡可尋的，這次你要將功贖罪了。」

金統怒罵道：「我何罪之有？」話是這麼說，手卻在電話機的鍵盤上按號碼。

電話接通了，微型擴音器傳來女子的聲音道：「聯邦調查局夏其洛先生辦公室。」

金統報了姓名，不一會男子的聲音響起道：「老金，找我喝咖啡嗎？」

金統嘿然道：「喝咖啡沒有問題，只要我交代你的東西做得妥當的話。」

夏其洛道：「我早知你不安好心，要利用老友心軟的弱點，有事快稟。」

金統把「光神」、「阿達米亞」等一大堆名詞直塞過去。

夏其洛道：「好吧！我立即替你查！」

金統道：「我還要查一間公司。」

夏其洛輕鬆地道：「一件糟兩件也是糟，說吧！」

金統道：「就是泰臣公司。」

夏其洛忽地沉默了片刻，再說話時聲音出奇地嚴肅，道：「你和這公司有甚麼瓜葛？」

金統大感不妥，道：「只是一個可能性，喂！發生了甚麼事？」

夏其洛道：「聯邦調查局正在秘密調查這公司的董事會主席泰臣，原因說出來你也不信，就是他為甚麼能做出這麼多遠勝其他公司的優秀武器，以及他所賺的天文數字般的美元，究竟到哪去了？」

金統和凌渡宇愕然對望了一眼，這泰臣和他的公司顯然大有問題，由此推論，前往造訪他公司的馬卜亦是大有問題。

夏其洛道：「若你要對付的是這個人，我勸你最好忍住不碰他，此人和軍部及政府內的高官有數不清的利益關係，他隨便動一根指頭也夠你受的了。」

金統道：「謝謝你！你快給我查那是甚麼宗教！待會再給你電話。」

夏其洛又叮囑了幾句，要金統不要碰泰臣，這才收線。恍似泰臣是隻噬人不吐骨的惡獸。

金統向淩渡宇攤開手道：「好了淩大俠，我們下一步怎麼走？」不自覺地，他尊重起淩渡宇的意見來。

淩渡宇皺眉道：「楚媛失蹤到現在，足足有四天，看來我們要採取雷霆行動了。」

金統訝道：「我們現在有如遭人追打的落水狗，可以幹些甚麼？」

淩渡宇神秘一笑，在電話基座按了一組號碼，不一會，電話的傳聲器傳來男子的聲音道：「二五四三一。」

淩渡宇應道：「小鷹喚大鷹，我是龍鷹！」跟着是一大堆的密碼和口令，聽得金統一頭霧水，他能認出的是煙霧彈、麻醉槍、機槍、手榴彈，甚至攀山和跳傘的工具，也在要求之列。

淩渡宇掛斷線後，金統忍不住問道：「這算是密碼式通話，是嗎？」

淩渡宇有點喜歡金統的直接，笑道：「我向我的組織『抗暴聯盟』要求精良的武器、炸藥和一切有關泰臣公司的資料。保證四十八小時內可以隨時取用。」

金統臉色凝重起來，道：「此事不能胡來，這類公司屬於國際工業，保安嚴密，我們怎樣混進去？就算他們放我們進去自由參觀，我們的目標又是甚麼？況且還不能百分之百肯定我們要找的東西是在裏面。」

凌渡宇淡淡道：「馬卜會告訴我們！」

金統愕了一愕，恍然大悟。

凌渡宇提醒道：「是你再給夏其洛電話的時候了！」

金統還想說甚麼，終又住口不言。

接通了電話後，夏其洛的聲音傳來道：「老金，算你有點運氣，我找到了有關的資料。」

金統道：「快說出來。」

夏其洛道：「根據資料庫的資料，找到了一個在七年前由一位名叫列坦的美國電腦專家創立……哼！其實這人在電腦界一事無成，不知是否窮極無聊，居然創立了一個叫光神教的教派，自立為教主。令人難解的是竟然給他吸引了一群高級知識分子，人數迅速擴展。」

「更奇怪的是，當他的光神教有若朝日高升時，忽然銷聲匿跡起來。就是這麼多了！」

金統沉聲問道：「光神究竟是甚麼玩意？」

夏其洛嘲笑連聲道：「那是要找鬼來信的教義，他們的光神，就是閃電，他們崇拜的，是閃電，你說惹人發笑不？」

金統的臉色變得更難看，要他笑實在難比登天。他想起凌渡宇形容的閃電和史亞所說的電芒。

夏其洛道：「喂，老金！你不是也要入教吧？」嘻哈大笑起來。

掛斷線後，金統的臉色難看如故。

凌渡宇知道他的感受，金統這一連串的遭遇，大大打擊他往日的看法和自信，安慰地道：「你不一定要考慮入教的。」這句話語帶雙關，氣得金統睜大雙目，說不出話來。

凌渡宇道：「若要入教，首先要謁見教主。不是嗎？」

金統堅決地點頭道：「當然！讓我們找那最有資格的介紹人。」

凌渡宇笑道：「看來你也要找你的朋友布津幫忙了。」

馬卜駕着車，離開了國際刑警的辦事處。

下午三時十五分。

他的賓士轉上了著名的百老匯大道，各式各樣的劇院、電影院、酒吧林立兩旁。

在一個紅燈前，他的汽車停了下來。

無線電響起，不是那個裝在車上的無線電，而是他掛在頸上的一個小型無線電通話器。

通話器響起一把沙啞難聽的聲音，道：「馬卜，你的估計看來錯了，沒有人跟蹤你。」

馬卜陰沉地道：「紅牛！不要用這樣的態度來和我説話，記得在你爛得發臭時，是誰救了你的性命？」

紅牛冷笑道：「若非我還有利用價值，你會救我嗎？我和我手上精鋭的僱傭兵，這數年來為你幹了多少事，甚麼債也都補償了，不是嗎？馬卜總管。」

馬卜一點也不動怒，淡淡道：「紅牛！你忘記了我們的理想嗎？」一踏油門，賓士在街道上行駛。

紅牛沉默了一會，道：「那只是你和泰臣的理想，這世界多美好，我才不要到那空無所有的天外，我……要做地球的主宰。」

馬卜道：「只要建好了飛船，地球還不是任由我們屠宰切割，所以我們一定要把所有反對的人幹掉，朋友，有點耐性吧！」

紅牛頗為暴躁，怒叫道：「耐性！我的耐性已到了極限，你和泰臣兩個人連那甚麼叫阿達米亞的小瘋子也控制不了，教我還有甚麼耐性！光神早說過他只是我們的忠僕，照我的方法，幹掉那小子，讓光神直接為我們服務，待我打開那神龕，看看光神是否三頭六臂！」

馬卜怒喝道：「閉嘴！你犯的錯誤還不夠嗎？要你幹掉凌渡宇這麼簡單的一件任務，也失敗了，還賠上了手下的性命，現在睜大你的狗眼，看看有沒有人跟蹤我，你再失敗的話，看泰臣是否會對你客氣。」

傳話器傳來急促的喘氣聲，紅牛顯然在盛怒中，突然間又靜止下來，跟着傳來紅牛平靜的語聲道：「對不起！馬先生，我一定會盡力做好。」通訊中斷。

馬卜心中懍然，紅牛在這等情形下仍能控制他的情緒，是他可怕的地方。

凌渡宇和金統的跑車，這時在幾條街外的遠處，聽着布津通過無線電通訊器的報告。

布津道：「馬卜只是一個人，沒有其他護衛的車輛，我們要動手嗎？」

金統正在猶豫間，淩渡宇搶着道：「還要再等一會。」

金統道：「老朋友，這是不可能的，馬卜絕非蠢人，怎會想不到我們一定會去找他晦氣？」

布津通過傳訊設備插口道：「我動用了超過三十輛車及六十多人，每一輛車跟蹤他的時間不超過二十分鐘，所以他一定還懵然不知我們的步步追蹤，故此沒有戒備也說不定……」語氣並不肯定，顯然對這個看法沒有多大信心。

金統道：「我最清楚他的為人，凡事謀定而後動，絕不會予人可乘之隙，難道他真是無辜的？」

淩渡宇毅然道：「無論如何，我們也要博他一博。」向傳聲器叫道：「布津，準備行動。記着！先用貨車把他截停，擊碎玻璃後，立即施放爆霧催淚彈，其他一切由我們來，留意動手的指令。」

布津應諾一聲。

凌渡宇一扭方向盤，跑車逐漸增速，向馬卜的方向追去。

跑車不久轉進了七十一街，馬卜剛好在前面的路口轉入，變成在他們前面行駛，只隔了十多輛車。

其中最少三輛車載了布津的人。

凌渡宇臉色一變。

金統和他相處多時，知道他素來泰山崩於眼前而色不變，訝道：「甚麼事？」

這時布津手下駕着的大貨車，開始超前，準備截停馬卜的賓士。

形勢一髮千鈞。

凌渡宇失去了冷靜，俯在傳聲器叫道：「布津！立即撤退所有人手，行動取消。」

金統愕然，他還以為凌渡宇是下動手的命令，豈知恰好相反。不進反退。不過這念頭還未完，身子已側撞車門，原來淩渡宇猛扭方向盤，居然就在車來車往的大街上掉頭，駛進對面的車道，向相反方向疾駛。

金統怪叫一聲：「老天……究竟發生甚麼？」

淩渡宇道：「危險！我們在敵人的監視下！」那天和文西離開國際刑警的大廈，也是有這種被監視的感覺，但他已無暇向金統解釋。現在危險的第六感更強烈，可恨敵人無影無蹤，使他無從反擊。

金統駭然四望，四周的車輛全無異樣，反而他們的跑車左衝右突，成為街道上禍亂的根源，兩輛交通警察的機車，響起警號，向他們狂追猛趕，一路上，其他車輛喇叭大鳴，以表抗議。

金統叫道：「這次是否搞錯了？我看不到任何危險。」

跑車衝進了一條天橋下的隧道，很快又從另一頭鑽了出來。

淩渡宇慘叫道：「我知道了！跳車！」猛踏煞車掣，汽車打着轉剷上人行道。

一推車門，向外滾去。

金統咬緊牙根，打開他那面車門，側身滾了出去。

兩人分兩個方向在地上打滾開去。身勢還未停下，驚人的事發生了。

尖銳的嘯叫從天而降，刺入還在地上翻滾的凌、金兩人耳內，火光閃現，轟隆巨響，跑車羽毛般拋上半空，爆成碎片，火屑散射噴往四周。附近的建築物傳來玻璃破碎的聲響。

灼熱的氣流，把兩人帶得直滾開去，附近行駛的幾輛車打着轉移開，活像扯線的玩偶。

跟着追來的兩輛機車也被熱流撞得人仰馬翻，尖叫在遠近響起，幸好附近沒有行人，否則傷亡一定不只此數。

跑車化成散落四周的火屑。

導彈！

天空上來的導彈。

金統背上染滿鮮血，幸好只是被碎片擦傷，未傷及筋骨，他勉力站起來，見到十多碼外的淩渡宇仰臥地上，動也不動。

金統慘嘶一聲，爬了過去，連他也不知道為甚麼這樣關心對方。

淩渡宇是生是死？

幾經辛苦，爬到淩渡宇身側，後者睜大眼睛，茫茫然望着天上，藍天白雲，導彈從何而來？

金統聽到淩渡宇喃喃道：「為甚麼看不見？為甚……」

金統再也支持不住，躺了下來，伏在淩渡宇旁邊，詛咒道：「你他媽的第六感可否靈敏一些，好讓我們早點跳車！」

警號在遠方響起。

第八章

功敗垂成

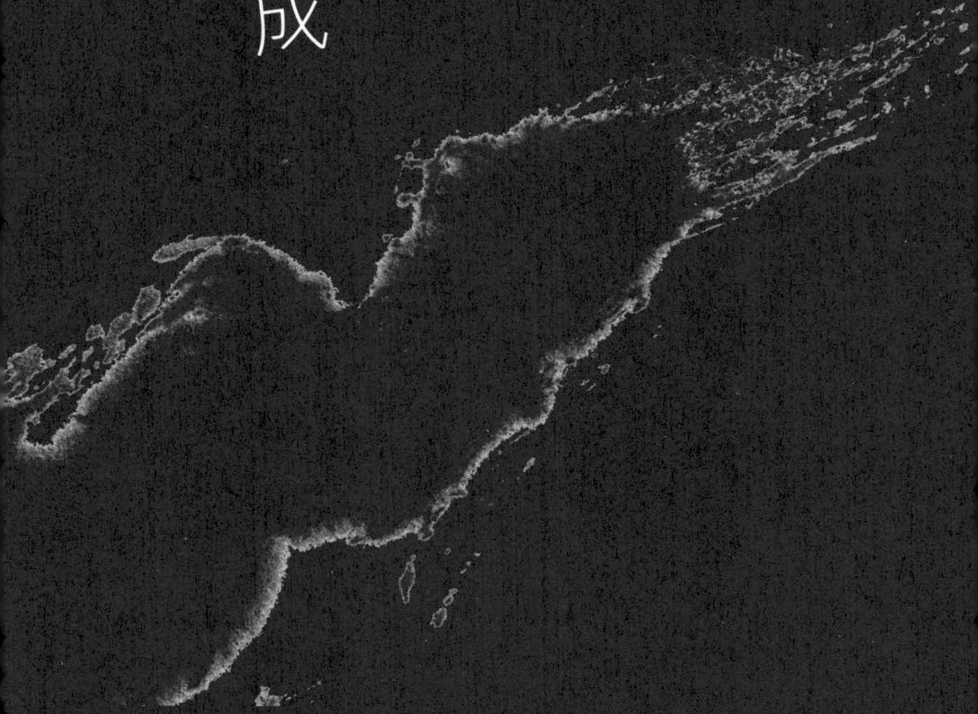

在紐約警方曼哈頓分署的重案組，一個戴着黑眼鏡的白人軍裝警官，向坐在椅上的淩渡宇咆哮怒叫。

淩渡宇從容不迫，好像失去了視聽的能力。

那警官怒喝道：「你聽到沒有，你在那裏幹甚麼？」這是他第十次重複這個問題。

淩渡宇和金統被帶到警署後，兩人被隔離盤問。

這事轟動全城。

這問話室只有他和那警官，可是淩渡宇知道最少有十個人以上，透過隱蔽的閉路電視，在細察和分析他的每一個反應。他說的每句話都會被錄下來。

淩渡宇也重複他自己的話，道：「我要見你們的最高負責人。」

警官不怒反笑，道：「聽着！在這裏，我是最高負責人，你若再不合作，對你一點好處也沒有，這件事中，雖然沒有人死亡，但傷了二十多人，包括兩個警員在內，附近建築物的玻璃完全損毀，我們懷疑你在車內放了炸彈。」

凌渡宇笑了起來，道：「是否放了炸彈，讓貴方或軍方的軍火專家去決定，噢！是了，我倒有一個問題。」

警官呆了一呆，死命壓下怒火，沉聲道：「說！」

凌渡宇悠悠道：「室內又沒有太陽，你戴上這勞什子墨鏡是甚麼道理？」

那警官失去了耐性，怒喝一聲，撲過來一把揪着凌渡宇外套的襟領，要把他提起來。

凌渡宇吸了一口氣，硬坐不起。

那驚官用力一抽，對方紋風不動，氣得臉也漲紅了。

堅持不下間，房門打開。

另一便衣警官走了進來，向室內盤問凌渡宇的警官喝道：「放開他！」

盤問凌渡宇的警官心有不甘地放開了手，道：「好！由你來收拾他。」

便衣警官神情有點尷尬，道：「不！我是來請他去局長室的。」跟着壓低聲音道：「警務署長來了！」

那盤問的警官愕然道：「甚麼？」

便衣道：「不要問，解開他的手銬。」

不一會，凌渡宇被請進局長寬大的辦公室內。

室內有四個人，其中三個禮貌地站了起來，和凌渡宇握手，並作自我介紹。

身形高大、唇上蓄了鬍子、相貌威武的是紐約州的警務署長布萊士。相貌和善、兩眼精光霍霍的，是這曼哈頓分局的局長查令先生。最後一位身材瘦削、不苟言笑的中年漢子麥漢，是聯邦調查局的人，卻沒有說明身份。

坐而不起的人，正是金統，此君悠悠地喝着咖啡，氣得凌渡宇罵道：「好！金統，你也算夠朋友，自己在這裏享受，卻讓我在他處受人虐待。」

金統兩眼一翻道：「你為甚麼不往好的方面着想，我令你四十八小時的虐待縮短了四十七小時，不應該感激我嗎？」

紐約州警務署長布萊士笑道：「凌先生，他也不比你好多少，他被虐待的時間只縮短了四十七小時又十分鐘。」

眾人笑了起來，聯邦調查局的麥漢仍是面無表情，莫測高深。

布萊士待眾人坐定，向凌渡宇道：「老金堅持要你在場，他才把一切說出來，好了，現在可以開始了。」

麥漢插口道：「我希望今天這室內的一切，保持最高機密，未知各位是否同意。」

布萊士有點愕然，道：「假若你覺得有這需要，便依你的話辦。」

凌、金兩人心中一懍，隱隱感到聯邦調查局一定已察覺到了一些問題，也有可能是夏其洛在背後出了力。

金統清一清喉嚨，開始一五一十地詳細地把整件事說出來。

布萊士等人只在關鍵處問上一句半句，其他時間都非常細心地聆聽。

金統說完後，分局長查令吁了一口大氣，道：「老金！假設這件事不是出於你的口，卓楚媛的失蹤、美雪姿的失蹤和自殺又是在我轄下的區域發生，我一定會把任何告訴我這個故事的人轟出門去。」

布萊士道：「老金，最大的問題，不在於你的故事是否真實，而是你那輛車的突然炸毀，凌先生說導彈來自天上，是空口說白話，當時天上沒有任何飛行物體的影子，所以很容易使人因這而懷疑整件事的真實性。」他的措詞非常客氣得體，其實他只是想說，整個故事乃偽造出來，以開脫藏有炸彈的罪名。

查令插口道：「據碎片和殘屑的初步鑑證，炸毀跑車的屬於一種類似『小牛飛彈』（AGM-65D MAVERICK）的熱導引空對地飛彈，最低發射高度是五百呎，最高可達四萬呎，能自動追蹤目標。」

眾人嚇了一跳，小牛飛彈是美國的軍事發明，有精密的感應器，一經鎖定目標，命中率達百分之九十以上，而且採用紅外線直接追蹤系統，不受能見度或雲層影響。

金統暗罵一聲，望向凌渡宇，他招架不了布萊士這老狐狸的辭鋒。

凌渡宇沉默片刻，才道：「各位一定聽過F16戰機吧？」現在他仍能在此侃侃而談，全因金統的面子，否則早給人押入監牢。

眾人一齊點頭。F16戰機是尖端的科技產品，又被譽為隱形戰鬥機，是美國洛克希德公司的傲人機種。

其實它並非真能隱形，而是這種新奇飛機的特別設計和形狀，使得雷達幾乎無法偵知它的存在。它的形狀，能反射最少量的雷達信號，飛機的腹部、背部及機翼都塗上了吸收雷達信號的特殊塗料，機身邊緣包以耐高溫的陶瓷材料，減少了高溫產生的紅外線信號，甚至引擎的渦輪葉片，也是由低信號反射的金屬板製造，所以被冠以隱形戰機的美名。

凌渡宇道：「我的猜想是，向我們襲擊的飛機也是隱形的，不過不是避過雷達的偵察，而是能避過人類肉眼的偵察。」

布萊士皺起眉頭，大不同意。

杳令問道：「有一件事我大感不解，為何凌先生堅持襲擊來自空中，而不是陸地？」他剛才指出襲擊的應是空對地飛彈，這樣說的意思，是不明白凌渡宇當時怎會知道。

凌渡宇嘆了一口氣道：「希望你們知道，我是一個有第六感的人，當時感到有監視和危險的來臨，於是駕車逃命，卻始終擺脫不了那種受監視的感覺，除了一段短時間。」說到這裏賣了一個關子。

眾人露出注意和興趣，連麥漢和金統也不例外。金統比任何人更想知道答案，因為凌渡宇突然發現危險的來源，他們才能及時跳出車外，逃過大難。

凌渡宇道：「那段感受不到對方監視的時間，就是當跑車駛進隧道後。」

眾人恍然，若非來自天上，怎會有此情形？就像我們看地上爬行的螞蟻，入了蟻穴後，我們自然看不見牠。

布萊士喟然道：「以私人的角度來看，加上我和金統多年的交情，我可以接受你們的說法，可是這是非常難令別人相信的。」

金統哂道：「『別人』是否指首席檢察官莫堅時那老糊塗？」

布萊士啞然失笑，轉頭向查令道：「你看那老傢伙會怎麼想？」

查令搖搖頭，表示他也沒有把握說服莫堅時，而檢控權卻是在他手上。

凌渡宇感到布萊士和查令兩人中，前者其實全不相信整件事，卻硬把責任推在檢察官身上，確是老奸巨猾。不過他胸有成竹，轉頭向聯邦調查局那臉容有若巖石般的麥漢道：「就算檢察官不相信，警方也不相信，我卻相信聯邦調查局另有想法，對嗎？麥漢先生！」

布、查兩人愕然，淩渡宇憑甚麼這樣說？只有金統若有所悟，隱約捕捉到淩渡宇的思想。

麥漢眼中光芒一閃，露出了一絲罕有的笑容，點頭道：「淩先生思想銳利，令人佩服。是的！我們有另一套的想法，但為了保密的理由，不能說出來，現在我代表聯邦調查局，正式提出要把兩位帶走。」

布萊士和查令兩人愕然以對。

究竟發生了甚麼事？

麥漢道：「請記着！這個會議必須絕對保密。」

坐在麥漢大轎車的後座，像被封閉在個隱閉的世界裏，兩旁的窗戶均放下了窗簾，與司機的座位間也升起了一重鋼板。

這是輛保安、保密的車輛，至於能否抵受小牛式空對地飛彈，那就只有天曉得了。

想到這裏，凌渡宇笑了起來，坐在他右邊的麥漢面無表情，一點也不將他的笑放在心上，金統則會心微笑，似乎已知道他轉着甚麼念頭。

凌渡宇的心神又轉到被「擄」的卓楚媛、威爾和文西三人身上，心中一陣痛楚，一陣焦慮，拖延了這麼久，他不能再等待了。

麥漢適在這時道：「凌先生，我三年前已聽人提過你的名字。」

凌渡宇嗯地應了一聲。

麥漢續道：「所以為了方便行動，我決定向你們坦誠相告。」

凌、金兩人精神一振，麥漢這句話大有內容，不由留起心來。

麥漢仍是那副沒有表情的臉容，好似在代他人轉達一些與自己全無關係的話，道：「大約六年前，聯邦調查局成立了一個特別的小組，偵查軍火商、政府和國防部人員間的賄賂情形，內中細節，不便再提，卻發現了一件非常奇怪的事。」

「事情表面看來一切都合乎情理，就是泰臣公司憑着精湛的科技和技術，一躍而為美國穩坐第一把交椅的武器生產和太空設備的國防大企業。」

「奇怪的地方，就是這只是發生在這六至七年間的事，在此之前的泰臣只是生產二流的貨色，並且因人才的流失，加上經營不善，瀕臨破產的邊緣，要知道這類龐大的公司，有如巨大的恐龍，兵敗如山倒，它憑甚麼可以在這樣短的時間起死回生？這是第一點奇怪的地方。」

金統插口道：「七年前，剛好是列坦創立『光神教』的時候。」

麥漢不理他說的話，續道：「經過我們仔細調查，發現泰臣公司完全沒有傑出到這個地步的人才，但是出產的成品，又的確遠勝於其他公司的製品，這是絕不可能的。據泰臣的一些職員說，新的設計恍似由無而來，憑空出現，完全不能根尋那是何人的設計，這是第二點奇怪的地方。第三點奇怪之處，泰臣大量起用新人，所有舊人都在給了大筆補償金後撤了職，這群新人大部份都是在這方面全無經驗的新手。」

凌渡宇道：「即使這樣，你們也沒有理由要調查他。」

麥漢爽快地道：「當然！只要泰臣謹守國家的安全規定，我們倒沒有和他作對的理由，偏偏他私自秘密向外國出售高科技的裝備和武器，我們便不能袖手旁觀了。可恨到現在還捉不到他的把柄，泰臣是隻最狡猾的狐狸。」

金統忽然問道：「我想知道你的職權？」

麥漢沉默了一會，道：「我其實是從情報局抽調出來負責這個調查小組的，你的老友夏其洛也是成員之一，代表聯邦調查局。」

金統恍然，難怪剛才提到光神教，麥漢一點也不奇怪。

凌渡宇道：「泰臣既然執掌了國防工業的牛耳，利潤龐大之極，為何還要藉走私軍火來發財？」

麥漢眼中閃過欣賞的神色道：「凌先生這問題問得好，這也是我們這個調查小組成立的主因。大約三年前，聯邦調查局在調查另一案件，偵查一個窮兇極惡的僱傭兵大頭目紅牛時，意外發覺此人以天文數字般的大量金錢，從世界各地採購千奇百怪的物料，然後輾轉運往泰臣公司。在千方百計下，依然找不到這一批又一批的物料，究竟用到甚麼地方去？這事也驚動了總統，所以成立了我們這個特別小組，全權處理這件事。」

凌、金兩人豁然大悟，難怪麥漢向布萊士要人，布萊士不吭一聲。

麥漢道：「這小組只向國防部長一人負責，可以隨便運用軍方最精銳的特種部隊。」

凌渡宇問道：「可否告訴我紅牛為泰臣採購些甚麼物料？」

麥漢道：「被我們在美國本土截查到的，只是非常小量，完全不能構成任何罪名，但是透過國外的特務機關查悉，紅牛所採購的東西千奇百怪，像鎢、鈾、銅、錫、鐵、鋁等各類礦材，另外還有各類的燃料、木料，甚至水果、海產，可說是數之不盡。而且他購貨的單位龐大，例如兩年前他曾從南非一口氣買了半噸黃金，可惜我們完全不知紅牛用甚麼方法偷運進來。」接着神情一震，道：「可能便是凌先生你所說的隱形飛機了。」

凌渡宇沉聲道：「我知道他用來做甚麼。」

麥漢和金統兩人大感愕然。

凌渡宇臉色出奇地沉重，徐徐吐出一句石破天驚的話，道：「用來建造飛往外太空的宇宙飛船！」

麥、金兩人驚訝得闔不攏嘴。

難道泰臣公司真是得到外星人的幫助，建造遠超於這時代人類夢寐以求的宇宙飛船？

會議室一端的大熒幕上放映着從高空俯瞰泰臣公司的情形。那其實不應被稱為一間工廠，而是一個「城」。一個從事生產尖端武器和太空設備的工業城。

除了十多個大廠房外，還有二十多組建築群，每組由四至十座大小不等的建築物合成，最高的一座大廈達五十七層，每層佔地萬多方呎，是泰臣辦公的地方。

建築物間有遼闊的空地和草坪、支離交錯的通道，錄影帶中可以見到工作人員和車輛在忙碌地工作。

負責旁述和解說的是白加少將，這時他說到：「這是表面的情形，地底內還有龐大的地庫和地下工廠，達二十個之多，地下的設備，可以抵受核子戰爭的攻擊，有最嚴格的保安系統。」

另一位隸屬情報局的夏保先生插口道：「泰臣的員工總數達二十萬人，其中大約二萬人是負責一般性的文書、採購、行政等各方面的工作。而十萬人是一般技術人員和工人，只有八萬人是真正參與武器的生產。而屬於核心的研究和設計的專家，人數在二百人之間。」

麥漢補上一句道：「這二百人中，足足有一百多人是在這七年間聘請的，這些人的身份都絕無可疑，在國防工業上雖可說是新手，但在加入泰臣前，本身都有份優厚的差事，例如大學講師、工程師、天文學家等等。」

金統忍不住道：「泰臣是屬於國防部監管的工業，你們不是要定期派員去考查嗎？」

白加少將嘆了一口氣道：「我本人曾多次親身去參觀他們的武器生產，一切正常得要命。」

淩渡宇道：「你看不到甚麼，道理非常簡單，因為你不知道要看甚麼。」

麥漢點頭道：「我完全同意，假設他們把一艘飛船分散在不同的廠房建造，那是完全不可能被一個完全不知道這件事的人發覺的。」

坐在後排的夏其洛首次發言，道：「假設他們真要建造一艘宇宙飛船，問題非常嚴重，試想一艘這樣的飛船，裝上了先進的武器，飛臨地球的外太空上，地球豈不是任由他們宰割？」

夏保先生道：「泰臣公司的首席專家商百威博士，是位太空專家，五十多年來一直從事太空船的設計和研究，六年前才加入泰臣，往日和他共事的同僚都説他野心很大，非常不滿國會削減太空研究的經費，亦不滿太空計劃的緩慢發展。」

夏其洛道：「他是想一步登天的人。」

眾人笑了起來。

凌渡宇心中一動，道：「有沒有他的檔案照片？」

白加少將關閉了放映機，打了一張幻燈片在熒幕上，一位頭髮灰白、面相精明、身材高瘦的老者現了出來。

凌、金兩人齊叫道：「是他！」那是兩人被生擒時遇到的老者，凌渡宇利用催眠術，從他口中知道飛船的事。連忙向眾人解説。

眾人臉色凝重。

他們要對付的並非一個罪犯，或一個犯罪集團，而是一個打着國防企業旗號、聚集了各方面精英和政府各方面又有勾結的龐大機構。

凌渡宇問道：「我只想知道一件事，就是現在泰臣公司內，有多少建設是這七年內新建成的？」

夏保答道：「小規模的不說，在六年前，泰臣公司從事擴展，大興土木下建成了現今那五十七層高的大廈，和一個比其他地庫大了三倍，面積達四萬方呎的龐大地庫。」

金統喃喃道：「最高……最大……」

白加少將道：「那辦公大廈叫『泰臣大樓』，我到過數次，倒沒有甚麼特別。至於那叫『阿達米亞地庫』的地下工廠，是從事飛機和太空裝備生產的地方。」

凌、金兩人跳了起來道：「甚麼？阿達米亞。」這是那個神秘人的名字，凌渡宇就是在衝進黑布幕去找那個人時，遭遇到最奇異難忘的經歷。

麥漢早聽過這事，連忙向夏保等人述說。

凌、金兩人愈來愈明白麥漢為甚麼這樣信任他們，因為他知道他們不是胡謅。

凌渡宇道：「我敢說飛船一定是在那『阿達米亞地庫』的地下工廠內。」

眾人沉默起來。

麥漢毅然站起身來道：「我們隨便找個較好的藉口，動用最精良的專家，進去逐寸搜查。」

眾人一齊愕然。

這是非常大膽的行動，泰臣和政府及國會的權貴有千絲萬縷的關係，一個不好，不要說國防部長，恐怕連總統也護不了他們。

但時間不容許任何等待了。

誰說得定飛船何時會升空？

當天晚上十一時許，泰臣公司大多數人都下了班的時候，正門來了四輛大轎車，載滿了不速之客。

門衛走到大閘道：「甚麼事？你們是誰？」

一位叫科倫的聯邦密探走出車外，道：「我們是聯邦密探，這是搜查令，懷疑貴公司內藏了違禁品，要進來調查，請立即打開大門。」一邊遞上證件和文件。

門衛臉色一變，拿起無線對講機，通知上級。

科倫是有經驗的人員，兩眼一翻，大發官威道：「你若不立即開閘，我將控告你阻礙國家人員進行工作、包庇犯罪行為。」

那門衛手忙腳亂，不知如何是好。忙對着無線電話報告，好一會才做了一個手勢，大閘徐徐打開。

四輛車魚貫駛入，往最高的泰臣大樓駛去，阿達米亞地庫的入口就在泰臣大樓的對面。

坐在第二輛車內的凌渡宇和金統不由得有點緊張，上一次的經驗還是新鮮熱辣的，這次不知又會有何遭遇？

四輛車一路通行無阻，來到泰臣大樓前。

大廈內走出了一群人，其中一位高大威猛的中年男子，排眾而來，他身旁緊跟着一位極秀氣的美女，凌渡宇認得她是那天遇上的芬妮小姐。

車內白加少將、夏其洛等和其他人紛紛下車，這是兩軍交鋒的時刻。

高大的中年男子，挺直的鼻樑上是一對銳利的鷹目，使人感到此君絕不好惹。這時他臉色陰沉得像那雷雨即至的暗天，眼中閃着忿怒的光芒，筆直走到白加少將前，毫不客氣地道：「少將！我要你的解釋。」看來此人是泰臣。

凌渡宇在白加少將身後，向跟着中年男子的美女道：「芬妮小姐，別來無恙！」

芬妮秀氣的鼻子翹起來，把垂下有若瀑布的秀髮輕搖一下道：「你是誰？我並不認識你。」

高大男子沉聲道：「這是甚麼人？請不要騷擾我的秘書。」

白加少將從容道：「泰臣先生，我們根據線報，懷疑貴公司內藏了違禁品，所以來作搜查，現在是執行職務。」

泰臣道：「甚麼違禁品？」

夏其洛道：「這是聯邦調查局的機密，恕我不能透露，泰臣先生，我們可以執行任務了嗎？」

泰臣眼中閃過怒火，轉向白加少將道：「少將，我們是國防部監管的企業，請問你是否有國防部監管局的批准？」

白加少將道：「沒有！」

泰臣道：「甚麼！那請你們立即滾得遠遠的，不要讓我再見到你們。」

白加少將笑道：「我們有國防部長的特別授權書，請你過目。」遞上文件。泰臣看不也看，芬妮接了過去，細心地閱讀。

泰臣一連說了幾聲好，向白加少將道：「你要看甚麼地方？」

白加少將道：「阿達米亞地庫！」

泰臣的臉剎那間整塊紅起來，喝道：「不行！裏面是公司的機密設計，你們誰可保證不洩漏出去！」

白加少將臉色一沉道：「這裏全是國家負責最高機密的人員，若要洩密，你們那些算甚麼？」

泰臣身後的一位男子道：「他們兩個又算甚麼？」指向淩渡宇和金統。

麥漢反問道：「請問閣下貴姓大名？對他們兩人你又知道甚麼？」

男子也知自己説錯了話，囁嚅道：「我……」

泰臣插入道：「他是馬佐治，我公司的保安主任！這裏根本輪不到他説話，好了！我想各位的時間很寶貴吧！」率先大步走向露在地面上的一座建築物，就這樣化解了麥漢的追問。

淩渡宇有點不捨地望了泰臣大樓一眼，這建築物的外表很普通，比起泰臣內的其他新型建築物，顯得平凡不堪。以泰臣這樣追求榮譽地位的野心家，怎會甘於以這樣的大廈作辦公室？

一行二十多人，走進建築物的大廳內，地板是鋼板造成。這是進入阿達米亞地庫的入口，幾個巨型的升降機排列在一端。他們進入了其中一個，升降機緩緩降下。

夏保先生站在泰臣旁邊，問道：「泰臣先生，不知完成的產品怎樣運上地面？」

泰臣悶哼一聲，毫不理睬，反而是芬妮回答道：「地庫的頂部連接上面的大廳，大廳的地面是活動的，可以張開來以便運輸。」她的聲音低沉動聽。

凌渡宇接口道：「是否也連接泰臣大樓的底部？」

芬妮遲疑了片刻，點頭輕輕道：「是的！」

升降機下降了五十多呎，才停下來。

眾人魚貫而出，一看地庫的情形，白加等人一齊叫苦起來。

一架巨型的穿梭機，安然放在龐大地庫空間的中心，穿梭機完成了接近百分之七十，一個大型的鋼架，把它托在地庫的半空上，數十座各式各樣的長臂起重機、升降架，把器材和物料運送上去。通明的照射燈下，數十個穿着制服的技術人員正在辛勤的工作着。

哪有甚麼宇宙飛船！

泰臣道：「各位！不知這是不是違禁品？請隨便參觀。」作了一個招呼的手勢。

白加少將非常沉着，向身後的人招呼一聲，他的手下立即散往四周，仔細地搜索起來，要找一架宇宙飛船是絕無可能的了，可是總不能這樣一走了之。

泰臣面露得色，向白加少將和氣地道：「少將，要搜索這數萬呎的地方，絕不是一時三刻的事，不如到我的辦公室，喝杯咖啡如何？」

白加少將婉拒道：「不用了！閣下若有其他事，請便。」
泰臣笑道：「好！恕我失陪了，我的公關齊力先生會招呼各位。」他身後一個頗有風度的男子應命而出。
泰臣大步向升降機走去，一副佔盡上風的王者姿態，芬妮驕傲地挺直脊骨，走在他一旁。
當芬妮經過凌渡宇身邊時，凌渡宇大聲道：「芬妮小姐，對不起，那天我大力了一點，弄得妳頸側多了道瘀痕！」
眾人目光集中在芬妮頸側的大動脈處，一道兩寸許的瘀痕，清晰可見。眾人都知道兩人的瓜葛，心知肚明是怎麼一回事，只是苦無實據。
泰臣怒喝一聲，把芬妮拉到身後，凌厲的眼光望向凌渡宇，道：「你究竟是誰？為甚麼三番兩次騷擾我的秘書？」
凌渡宇眼中神光暴漲，毫不退讓地回視泰臣，想起失蹤的卓楚媛，他幾乎想衝向前將此人撕作兩半。

白加少將道：「泰臣！你走吧。不過請你小心點，國家是不會放過任何有違法紀的人。」

泰臣哂道：「你們這些人終日把頭塞在沙堆裏，懂個屁，還要教訓我？」

凌渡宇截入道：「所以你才要光神抓着你的屁股，把你從沙堆裏抽出來。對嗎？泰臣先生。」

泰臣臉色一變，深深盯了凌渡宇一眼，忽地仰頭一陣狂笑，搖搖頭，作了一個不屑的表情，大步離去。

在離去的路途上，金統在車內大發雷霆，叫道：「我們每一個人明知他是個混蛋，偏又奈何他不得，該死的！」

坐在他旁邊的凌渡宇、白加少將和麥漢三人默然不語。

凌渡宇看看兩人，發現都是沒精打采、神情沮喪。

麥漢向白加少將道：「這次國防部長他老人家一定有一頓好受的了，要他再批准我們任何對付泰臣的行動，是難上加難了。」

白加少將嘆了一口氣，道：「難道並沒有宇宙飛船？」眉頭皺了起來。

麥漢道：「這件事真是令人束手無策。」

凌渡宇冷冷道：「不包括我。」語氣中透出一股堅決的味道。他已知那天被擒往的地方，就是泰臣公司，這世界還有甚麼人士能阻止他前去。

眾人愕然望向他。

凌渡宇道：「你們都有公職在身，我卻是一個自由人，讓我來對付泰臣。」

金統道：「兄弟！無論你要做甚麼，都要算我一份。」

凌渡宇和白加少將及麥漢握手道：「謝謝兩位，和你們合作的經驗，使我對政府人員大為改觀，請停車吧！」

白加少將等人都有點傷感，他們聽得出，凌渡宇語氣間有種壯士一去不復返的氣魄，泰臣公司內滿佈武裝守衛，處殺闖入的人，是完全合法的。所以白加等人可以理解凌渡宇的心情。

凌、金兩人下車後，金統向凌渡宇道：「我本以為我提出加入你的壯舉，一定會為你所拒的，為甚麼不這樣做？」

凌渡宇眼中射出對朋友的感情，道：「有人陪我送死，我為何要拒絕？」

兩人一齊笑了起來。

金統道：「甚麼時候行動？」

凌渡宇道：「現在！」跟着道：「希望你懂得跳傘。」他向組織要求的裝備和軍火，可以派上用場了。

金統傲然道：「我曾在特種降落傘部隊中當教官，你說我懂不懂？」

第九章

直搗黃龍

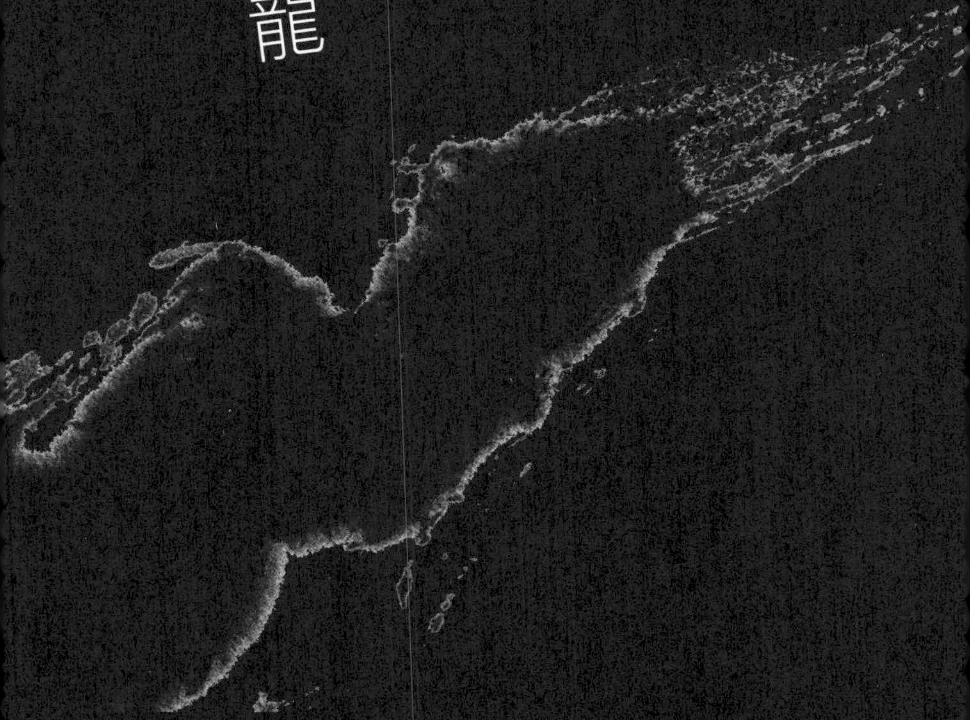

輕巧的練習機在漆黑的天空中靈活地飛行，凌渡宇和金統兩人全副跳傘裝備，攜着精良的全自動步槍、麻醉槍、烈性炸藥和其他工具，等待飛臨泰臣工業城上空的時刻。金統不斷地計算風速和落點的關係，指示布津航線。

駕機的是老朋友布津，他曾和金統在軍隊中共事，到過越南的戰場。

飛機並不是筆直飛往泰臣公司，而是以泰臣公司為中心，繞着它做圓周的低飛，圓周逐漸縮小，直至接近中心點，這樣飛行會比較費時費力，卻可以避過泰臣公司的保安雷達。至於能否避過光神的耳目，只有天曉得了。

布津叫道：「朋友！準備。當我飛到上風處，便是你們去玩樂的重要時刻了。」

凌渡宇和金統戴上紅外光夜視鏡，把世界轉化成清綠的螢光色。

凌渡宇閉上眼目，心中道：「楚媛！不用怕，我終於來了。」風聲大作，側艙的自動門打了開來，寒冷的夜風捲了進來，艙門外是夜茫茫的虛空。

布津叫道：「現在！」

金、淩兩人先後躍下，迅速下跌，下降了大約三百多呎，兩人才放開降落傘向泰臣公司的方向飄去。

他們不斷調節降落傘，向眼前的泰臣大樓移去，落點是泰臣大樓的天台。

風勢急勁，把他們迅速帶進泰臣公司的範圍內。

五十七層的泰臣大樓遠遠高於其他建築物，在紅外光夜視鏡下，目標明顯，這也是他們選擇泰臣大樓的另一個原因。

泰臣大樓在腳下二十多呎處逐漸擴大，金統縮成一團，一沉氣，降落傘徐徐下降，待雙腳一觸地面，立即滾倒地上，化去了衝力，成功降落。

淩渡宇沒有他這般幸運，泰臣大樓才在腳下十多呎時，一陣勁風吹來，把他帶得急速離去，眼看要吹離泰臣大樓的上空，淩渡宇抽出腰刀，往上一揮，蹬緊的降落傘繫繩立時斷了一半，整個降落傘側往一邊，浮力大減，向下急墜，淩渡宇不慌不忙，一扯降落傘，下墜的勢子立即減速，他藉着那些微向上的力道，翻了一個筋斗，時間拿捏得非常好，筋斗剛盡，雙腳恰好觸着天台的地上，藉勢滾倒，化去足折之禍。

金統走了過來，在紅外光夜視鏡下也不知他的臉色是否蒼白，只知他不住地大口喘氣，顯然對剛才那一幕猶有餘悸。

淩渡宇把降落傘的殘骸包紮好，金統適時道：「好了！怎樣下去？」

淩渡宇指向天台往大廈內的入口道：「你看，門的上下四方都有電子感應的儀器，你我只要踏足其中，保證守衛立即蜂擁而來……奇怪！你看！」指着天台一副龐大的電機設備，道：「這是發電機，看來它的產電量可以供應整個泰臣公司的工業城。一般來說，發電機只是作預備用途，何須這樣龐大的設施？而且安放這樣笨重的設施，應在地面另起廠房，為何要放在整個工業城最高建築物的天台上？」

金統也感到奇怪，道：「你看！還有五支避雷針，安裝在天台的中心和四個角落，一支便足夠了，不是嗎？」

凌渡宇隱隱想到一點東西，卻忍住不說出來，向金統道：「好！我們現在下去。」

他們取出攀山用的鈎索和工具，將一端扣緊在天台發電機的鐵架上，另一端則繫在腰間。然後向下慢慢滑去。

很快滑下至最高一層的窗戶。

兩人打個手勢，凌渡宇取出鐳射切割器，把玻璃開了一個四方形的大口，金統把一個吸盤黏在被劃開的玻璃上，連在手上的繩索，所以當凌渡宇用腳把玻璃蹬開時，玻璃並沒有碎裂地上，只是被連着繩索的吸盤吊離大廈內的地板上三尺許處。

整個工業城的建築物大部份都烏燈黑火，只有建築物間的通路燈火通明。

這是凌晨四點鐘，據説是「好兄弟」出動的最佳時刻，人的精力在這時則是最低潮。

凌、金兩人先後躍了進去。

向四周觀察。

金統眼睛四射，道：「奇怪！」

他們背靠窗門，眼前是一道向左右伸展的長廊，一邊是窗戶，一邊是一堵光禿禿的牆壁，沒有任何裝飾，長廊空蕩蕩的，甚麼東西也沒有。這算是甚麼地方？這樣的長廊可以作甚麼用途？

凌渡宇低喝道：「一定有門戶。」

兩人沿着依窗而築的長廊，繞了一個大圈子，到了另外一邊，依然找不到通往大廈中心區域的通道，那廣大的空間給包在牆壁裏。

長廊盡處有道鎖着的鐵門，當然難不倒凌渡宇這開鎖專家。

門打開後，現出一道往下走的樓梯。

金統奇道：「這算甚麼建築，連升降機也沒有，難道要我們走下五十七層嗎？」

凌渡宇道：「在泰臣起來吃早餐前，我們最好走到他的辦公室內。」當先走下去，每一層都有一道緊鎖的鐵門，凌渡宇試着打開了兩道，都是和第五十七層相同的廊道。兩人大為好奇。

樓梯螺旋而下，到了第十二層時，金統大感吃不消，叫道：「停一停，這樣即使走到最下層，我也會暈頭轉向，不辨東西。」

凌渡宇無奈道：「時間無多，只可以休息十分鐘。」

金統不敢坐下，倚着牆靜養起來。

兩人驀然睜開雙眼，一陣隆隆的低沉悶響，從大廈中心的地下傳上來，若非在大廈內，是絕對聽不到的。

金統道：「這是甚麼聲音？」

凌渡宇臉色沉重，道：「我們最好快點落到第七層，據資料說，那是泰臣辦公室的所在地。」

金統振起精神，緊隨淩渡宇背後，向下層走去。

到了第八層的轉角處，淩渡宇一手攔着金統，低聲道：「看！牆上裝了紅外線動感警報系統，任何人經過，都會惹得警鐘大鳴。」

金統道：「這是非常通用的警報系統，簡單卻實際，任何物體在它感應的範圍內移動，它立即反應，怎麼辦才好？」

淩渡宇道：「前天我向組織要求武器和裝備的供應時，便知道難逃做賊的生涯，看！」

從佈滿了口袋的外套內取出一筒噴劑。

金統道：「這是甚麼？噴髮劑嗎？」

淩渡宇詛咒一聲，把噴劑向感應器的方向噴射，低聲解説道：「這是我們組織內專家的發明，可以大幅度減低感應器的靈敏度，噢！成了。」

向金統一招手，俯伏地上，像條蛇般向下緩爬。金統兩眼一翻，無奈下仿效淩渡宇的形式，向下爬去。

幾經辛苦，才轉入了另一彎角，淩渡宇才伸出半個頭，便猛地縮了回來，金統嚇了一跳。

淩渡宇道：「有兩個紅外線閉路攝影機，一個正對着我們的方向，另一個對着另一個方向。」

金統眉頭大皺道：「你還有沒有法寶？」

淩渡宇嘴角一牽，綻出一絲笑容道：「跟我出來闖世界，包你絕不吃虧。」從袋中掏出一個佈滿電子儀器的小板，道：「待會我按動這個電子頻率放射器，會釋放出短暫但強烈的電子訊號，對電視造成干擾，觀看電視的守衛會誤以為是正常的線路問題，我們要利用那剎那的寶貴時間，撲到兩個攝影機之下，那是視像的死角。」

金統道：「假設有另一個攝影機，對正你所謂的死角，我們怎麼辦？」

淩渡宇用手作了一個割喉的姿勢，道：「那我們就大幹一場，把炸藥的引信塞進泰臣的大口裏。記着！行動要迅速，不要像你平時那樣遲鈍！」

金統正要大罵，凌渡宇喝道：「現在！」身子箭也似的颷出去。

金統施展渾身解數，如影隨形。

兩人瞬間已貼在那死角位，頭頂便是那兩個攝影機。

樓梯向下轉的地方沒有攝影機，卻有一道鐵門。

凌渡宇低聲道：「這鐵門和上面每一層的鐵門形式一樣，我估計可以在三至四秒內把它開啟。」把電子干擾器遞給金統，道：「這次由你負責干擾，記着，門一關上，須立時鬆手，這次干擾的時間長了一點，至於守衛會否懷疑，要看他的責任感了。」

金統道：「我賭他不是在看黃色畫報便是在睡覺，去吧！」

凌渡宇一把衝到鐵門前，兩支長鋼線靈巧地插入門鎖裏，不一刻傳來「的」的一聲，兩人搶了進去。

裏面是一間放滿了紙張、吸塵器一類東西的雜物室，沒有樓上那奇怪的長廊。

金統道：「根據大廈消防條例，那道樓梯應是逃生通道，怎可能在通往逃生通道的門，有一間這樣的雜物室。」這大廈處處透着不尋常。

凌渡宇向雜物室的正門走去，一邊道：「待會由你親自拷問泰臣，好嗎？」

金統笑道：「拷問他美麗的女秘書比較有趣一點！」

「的」一聲，在凌渡宇的妙手下，雜物室的門應聲而開。

凌渡宇低聲道：「外面才是辦公室。」又看了一會，道：「我們走運了，甚麼防盜設備也沒有。」跟着皺眉道：「保安設備似乎只是防止人登上七樓以上的地方，但上面除了長廊外甚麼也沒有，這算是甚麼保安設備？」

金統道：「待我拷問完芬妮再告訴你，出去吧，還有二十七分鐘便五點了。」

凌渡宇一動也不動。

金統訝道：「你在想甚麼？」

凌渡宇回頭望向他，沉聲道：「記得那晚你給他們弄昏了後，被帶往的大廳，有甚麼特別之處？」

金統呆了半晌，輕叫起來道：「呵！是的，那像一個密封的盒子，除了一道大門，一座升降機外，一個窗子也沒有。」

凌渡宇道：「怎可能會有窗子！」指了指屋頂上道：「整座泰臣大樓，由八樓以上，五十層全被密封在牆內，大廳是牆內的某一處，這是為了甚麼？」

跟着駭然以對，這是個龐大得驚人的空間。

凌渡宇收攝心神，閃了出去。

門外是個二千多方呎的辦公室，窗戶的另一邊有一排房間，是高級職員的辦公室。現在當然一個人也沒有。

凌渡宇和金統兩人散開，迅速搜索，十分鐘後又碰在一起。

泰臣的辦公室不在這裏。

亦沒有任何通往上層的通道。

金統道：「假若沒有法子，不如走回上層的廊道，硬給它炸個大洞好了。」

這當然是下下之策。

凌渡宇道：「泰臣大樓每層面積達二萬多方呎。你才看了二、三千方呎，便失去耐性，跟我來吧！」

兩人迅速移動，離開了辦公室，走進了一個客廳模樣的會客室。

廳上放了幾組大沙發，牆上是一幅幅的大圖片，展示泰臣公司的傲人產品。

兩人不敢停留，走出了會客室，進入了一條走廊，一邊是幾間會議室，另一邊是個開放式辦公室，放滿了設計枱和大型的電腦繪圖儀器，是泰臣公司的設計部。

離開了設計部，來到迎客廳，四部升降機林立一旁。

金統剛要說話，忽地全身一震，凌渡宇輕叫道：「有人上來！」升降機門上的信號燈亮了起來：「二、三、四、五……」顯示升降機逐層上升。

這樣的時分，凌晨五時許，甚麼人會上來？當然！除了來找他們的警衛。

凌渡宇叫道：「隨我來！」轉入一道走廊裏。走廊盡處是一道門戶。腳步聲和人聲愈來愈近。

凌渡宇取出鋼條，不一會便把門打開來，兩人閃了進去，凌渡宇又把門鎖上。在夜視鏡的螢光色下，門內是個二百多方呎的大空間，排了幾個文件櫃，「L」字型放了兩張書桌，一邊桌上是電腦和電子文字處理器，像個秘書室。

書桌後是另一道大門。

門上寫着「泰臣公司董事會主席泰臣」一行字。

得來全不費功夫，誤打誤撞下，兩人來到泰臣的辦公室。

門外的走廊響起腳步聲和男女的談話聲。

金統輕呼道：「不好，他們要進這裏來！」

凌渡宇施展妙技，打開了泰臣辦公室的室門，走了進去。當金統掩上門時，外面那道門鎖傳來鑰匙插入匙孔的聲響。

室內是個華麗之極的辦公室，兩旁的組合書架，除了書外還放了套名貴的音響組合，巨型的電視，大書桌斜斜放在一角。千多方呎的辦公室放了一張巨型的會議桌，另一角落是組豪華的沙發。地上滿鋪天藍色的羊毛地氈。

對着門是兩個裝滿了美酒的大壁櫃，名貴的酒以百計地展列。

可是辦公室沒有任何窗戶。

身後傳來開鎖的聲音。

凌渡宇向金統打個手勢，兩人合作多時，早有默契，凌渡宇閃入沙發背後，金統則貼身在書櫃與牆角的間隙處。

兩人並非奢望敵人不會發現他們的存在，只要來人一亮燈，他們立時無所遁形，這樣做只是要先弄清楚來人的虛實，再作打算，也是典型做賊的心理，可避則避。

辦公室門打開又掩上，沒有亮燈。

辦公室中傳來衣服和身體摩擦的聲音，男人的喘息，女人的咿唔聲。

凌、金兩人好奇心起，探頭窺察。

夜視鏡下，室內一對男女在熱烈擁吻，他們兩人臉碰在一起，一時間看不清他們的樣貌，男子身形高瘦，女的優美動人。

甚麼人到泰臣的辦公室來親熱？

好一會兩人分了開來。

男子有所動作，女子輕叫道：「噢！不要！」她一出聲，凌、金兩人即時認出來，是泰臣的女秘書：芬妮小姐。

男子道：「妳不想嗎？」聲音柔和悅耳，使人想到他是個有學養的人。

凌渡宇幾乎叫了起來，他對這聲音並不陌生，正是那被稱為阿達米亞的男子，泰臣最大的地庫工廠便是以他的名字作命名。

他究竟是甚麼人？

凌渡宇盤算着要不要撲出去，把兩人制服。

芬妮輕柔地道：「不！我很想！我喜歡你……和我做愛，但是泰臣隨時會來，別忘了日出時的集會。」

阿達米亞摟着芬妮又吻起來，好一會才分開。

凌、金兩人心中又驚又喜，一方面知道有個集會，另一方面又嘆時間不巧。

阿達米亞道：「我有點後悔，當日我實在不應答應和泰臣合作。」

芬妮柔聲道：「後悔是沒有用的，我……」呼吸急促起來。

阿達米亞道：「妳為甚麼這樣緊張？」

芬妮主動擁着阿達米亞，藉對方的力量平復下來，在阿達米亞的懷內抬起頭來道：「我有……我有一個計劃。」

阿達米亞道：「說出來吧！我從未像愛妳那樣地愛過一個人，甚麼都聽妳的。」

芬妮道：「我們可以單獨實行那計劃，光神只聽你一個人的話。」

阿達米亞的呼吸急速起來，道：「這怎麼可以！泰臣待我不薄，又失去了妳。」

芬妮怒道：「你……」忽又放軟了聲調，道：「你的心腸太好了，難道你不知道泰臣由一開始便在利用你，你從光神那裏得到的新設計，使他成為世上最富有的人。」

阿達米亞道：「沒有那些新設計，我們何來的經費？」

芬妮推開了他，走到淩渡宇隱身其後的沙發坐下，回頭嘆道：「你太天真了，泰臣是野心家，其他的人如商百威、馬卜等等有哪一個是好人？紅牛更是一個殺人如麻的兇徒，所有人現在像神一樣尊敬你，只因為你是唯一見過光神的人，唯一能和祂對話的人罷了。」

阿達米亞道：「我卻不是這樣想，光神也說過，我們每一個人的本質都是高貴和偉大的，比任何人能夢想的還要來得偉大……所以，當回到了那裏時，就會發生驚天動地的變化，回復我們夢想不到的『本性』。看！那不是令人魂牽夢縈的渴想嗎？」

凌、金兩人聽得一頭霧水，這對男女癡人說夢，教他們怎能明白？

芬妮冷笑道：「不過，在到達那時刻前，我看我們早已把所有醜惡的一面顯露出來，直到這一刻，大家還有個共同的目標，就是要保持計劃的機密，但你看，他們用甚麼卑鄙手段去達到目的？告訴你，那是令人痛恨的暴力和謀殺。」

「甚至光神也在幹着令人費解的事，祂既答應幫助我們保密，為甚麼不對付那中國人，為甚麼那天要放那中國人和金統走，你解釋給我聽！」

阿達米亞怒喝道：「住口！我不准妳批評光神。」

令人難堪的沉默。

凌渡宇伏在芬妮坐着的沙發後，近得可以嗅着芬妮的體香，耳中聽到她急促的呼吸，可以想像她的胸脯快速起伏，情緒激動。

阿達米亞回復了平靜，走到芬妮旁坐下，柔聲道：「芬妮！光神有人類難以企及的智慧，這樣做必然有祂的理由。」又嘆了一口氣道：「祂說過：人類最大的錯誤，是發展了左邊的腦，而不是右邊的腦，引致整個『科技文明』的出現，那是最可笑的。」

凌渡宇全身一震，他終於明白了阿達米亞「左或右」的啞謎。

這牽涉到人類進化上一個最關鍵性的問題。

二十世紀七十年代迅速發展的「生理心理學」研究，發現人類神經系統一個奇怪的事實，就是大腦竟然是兩個有不同功能，而且幾乎是由各自獨立的部份組成，在醫學上稱為左半球和右半球。

唯一聯繫着左右兩半球的，只是一大束名為「胼胝體」的神經纖維，就像一條道路，把兩個完全不同文化的王國連接起來。

左半球和右半球各自執行不同的任務。

左半球負責理性和邏輯性的分析工作、語言功能。比對起來，我們對右半球的認識便貧乏得多，假設左半球是開發了的文明社會，右半球便是有待探險的原始森林，現時的研究者，懷疑那區域是掌管音樂、韻律、舞蹈、圖像，換句話說，是感性的知覺和空間感，與人類神秘的直覺、第六感、藝術和創造有密切的關聯。

好了！問題來了。

我們每一個人，只要在有意識的時刻，便無時無刻不在說話和思想，無論說話或思想，我們都要運用語言，而語言功能正是左腦的私家出品，那即是說，我們一生中，有絕大部份時間，只在運用我們的左腦，而右腦變成了沉默的一半。

我們是左腦佔絕大優勢的生物。

所以阿達米亞說：「只發展了左邊，沒有發展右邊。」正是這個意思，但這究竟有甚麼問題？我們實在太習慣左腦優勢的生存方式，一點也感不到異樣，正如淩渡宇腦中想到這個問題時，便是用左腦來工作。那右腦究竟在「想」甚麼呢？是否在冬眠的狀態裏？

芬妮的語聲驚醒淩渡宇，她道：「我不明白，也不想去猜，我知道自己猜不到。究竟光神是甚麼樣子的，為甚麼每次問你也只是搖頭。難道你連我也要隱瞞嗎？」

淩、金兩人精神大振，他們也想知道答案，愈知道有關光神的事，對他們的行動當然愈有幫助。

阿達米亞嘆了一口氣，道：「我不是要隱瞞妳，而是我也不知道。」

芬妮尖叫起來：「甚麼？」顯然震駭非常，續道：「光神只許你一個人打開祂藏身的神龕，你怎會未見過祂！」

阿達米亞待要説些甚麼，輕微的人聲從門的方向傳來。

芬妮道：「泰臣來了，快進去！」

凌、金兩人一呆，「進去」哪裏？忍不住一齊探頭窺看，剛好見到整個載着美酒的大壁櫃，從中裂開兩半，輕緩移往兩旁，壁櫃滑行暢順，上千瓶酒不見半分晃動。

壁櫃分向左右移開後，露出一堵光禿禿的牆，芬妮伸手在牆上一按，一面螢光閃閃，呎許見方的熒幕露了出來，像一個電視的熒幕，上面閃着一行字：「身份驗證」。熒光幕發出的亮光，在漆黑的室內更覺刺目。

芬妮把手掌放在熒幕上，不一會牆壁裂開，現出一道暗門。

兩人隨即走進去。

門在他們身後關上，載酒的壁櫃闔攏起來。

一切回復原狀。

凌、金兩人暗暗叫苦，一路行來，遇着的都是普通門鎖，這可能是泰臣公司作賊心虛，不想在普通辦事的地方，安裝先進電子鎖，以免啟人疑竇，唯獨這裏有暗門，又安裝了能辨認人手紋路的電子記憶門鎖，不問可知內中定有玄虛，但他們的手掌並沒有被記憶在門鎖的電腦系統內，教他們用甚麼方法啟門？在他們來不及思索間，門又給人推了開來。

三個人走了進來，他們不像芬妮和阿達米亞兩人對地方的熟絡，所以打開門旁的一盞壁燈。一時室內大放光明，習慣了黑暗和以紅外光夜視鏡看物的凌、金兩人，受光線刺激，一時睜不開眼。

兩人再能見物時，壁櫃裂了開來，露出暗門的位置。

凌渡宇心中一動，取出麻醉槍，閃電撲出，眼角處金統也撲了出來，顯然和他同樣心意。

那三人在驚覺有異時，溶劑式的麻醉彈已射進他們體內。

三人倒下。

凌渡宇細察光禿禿的牆壁，伸手按在一個嵌在牆上的小方格，早先的熒光幕的地方一陣微響，牆上裂開了一個方格，露出了熒幕，閃着「身份驗證」的字樣。

凌渡宇抱起其中一人，金統拉起他的手，按在幕上。

另一陣微響傳來，暗門出現，透射出柔和的黃光。

凌渡宇和金統以最快的速度，把三人塞在沙發背後，衝進門內。

暗門在身後關起。

裏面是個令人意想不到的地方，大約二百來呎，除了兩個高達八呎的大衣櫃和另一道門，甚麼也沒有。

凌渡宇打開其中一個櫃，裏面放了數十件寬大的袍服，全是黑色。這些袍服連着頭罩，戴上後只露出眼、鼻和口。

凌渡宇笑道：「這是紐約來年的時裝，要不要穿上一件？」一邊把夜視鏡除下。

金統嗤之以鼻，道：「拿槍指着我也不要穿這鬼東西。」也除下了夜視鏡。

凌、金兩人走到那通往另一邊的門，凌渡宇暗數三聲，一扭門把，門「咿呀」一聲，開了一條隙縫。

兩人幾乎同一時間把眼湊在門縫處。

凌渡宇立即關上了門，望向金統，金統也側頭望向他。

門內是那天他們與對方衝突的大廳，通往光神所在一層的升降機，在另一端的盡處，廳中心立了兩個黑袍人，一高一矮，矮的應該就是芬妮，另一個當然是那被稱為阿達米亞的男子。

金統道：「怎麼辦？」拍了拍身上負着的全自動機槍。

凌渡宇知道他想硬衝進去，把兩人制服，這在目前恐怕是唯一可行之路。

就在這時，兩人忽感有異，原來由泰臣辦公室通來此處的暗門，緩緩裂開。兩人反應奇快，分別撲向左右的大衣櫃，躲了進去，做賊的滋味真不好受。

泰臣的聲音響起道：「我倒不怕他們，我會透過在政府和國會的人事，向白加少將施壓力，他自顧不暇，怎還敢來惹我們？待他們再要行動時，哈……我已成為地球的主宰了。」

另一人默然不語。

泰臣頗為興奮，續道：「計劃最重要的部份已完成，凌渡宇那小子任他有三頭六臂，也莫奈我何，現在是逼阿達米亞要求光神為我們作最重要服務的時候了。」

另一人沉聲道：「我卻非常擔心，光神近來行為奇怪，先是把六位名人擒來，弄得他們一一自殺，惹得我一身麻煩，假如祂能把追查此事的人，全部生擒，我也無話可說，偏偏他卻屢次放過那凌渡宇，又不許我們把那些好事的人滅口，你說，這是否有違祂當初的承諾？」

凌、金兩人認得這人是馬卜，他們的懷疑成為了事實。

金統心中大罵，幾乎要衝出去把馬卜槍斃時，櫃門打了開來。嚇得他縮在黑袍後的一角，呼吸也停止了。

他看到馬卜伸手進來，取了兩件黑袍，幸好他的注意力不在櫃裏，對金統的存在懵然不覺。

馬卜關上櫃門，續道：「紅牛那傢伙也大有問題，你知道我一直安排了眼線在他手下裏，但兩日前我卻發覺那眼線失蹤了，十成九是給紅牛發現並滅了口。」

泰臣狠聲道：「這小子忘恩負義！不過，現在需要他的部份已經結束了。嘿！你也不是善男信女，應該知道怎麼做吧。」

馬卜陰陰地笑起來，道：「你放心吧！只要你同意，一切易辦。對了！芬妮是否將列坦那小子擺佈得貼貼服服了？」

泰臣一陣沉默。

馬卜驚道：「怎麼了？」

泰臣沉聲道：「我也不知道。芬妮的態度變了很多，當初我要她以美色迷惑那小子，恐怕……」

馬卜道：「不用煩惱，只要光神把我們依他吩咐搜集的物料轉化成燃料，我便要他們好看。」

泰臣有點遲疑地道：「光神説過無論我們怎樣待祂，祂也不會傷害我們分毫，你説這是否可靠？」

櫃內的凌渡宇心中暗笑，這泰臣既要害人，又怕光神反擊，利用光神的好意，確實是卑鄙。

馬卜道：「不如讓我們連那鬼『神龜』也炸掉，就算不成功，光神也不會傷害我們，對嗎？」

兩個奸人一齊狂笑起來。

笑聲中，兩人扭開門進入大廳內。

凌、金兩人從氣悶的衣櫃走了出來。

金統奇道：「你拿着那勞什子黑袍幹甚麼？不是要我穿上吧？」

凌渡宇一手一件黑袍，笑道：「我現在不是拿槍指着你，而是請求你。」一把一件黑袍遞給金統。

金統無奈地穿上黑袍。

兩人變成了光神教的信徒。

門再次打開，金統忘記了自己的偽裝，本能地想縮入衣櫃內，凌渡宇連忙乾咳一聲，制止了他的行動。

這一次魚貫地走了六個人進來，一頭白髮的商百威赫然在其中。

商百威望也不望他們一眼，逕自打開衣櫃，新進來的六個人罩上黑袍，走進廳內，凌、金兩人硬着頭皮，跟在六人身後。

廳內一個人也沒有。

凌、金兩人夾雜在黑袍人內，穿過大廳，走進升降機裏。

升降機門關上，向上升去。

凌渡宇心中有點緊張，說實在的，他對泰臣等人沒有分毫畏懼，怕的只是那光神，若祂是擁有高智能的異星生物，他和金統便危險萬分了。他雖然一身都是厲害的武器、炸藥、催淚彈、麻醉氣，即使紅牛在場，也可以應付，但要對付一無所知的外星人，便毫無把握了。

這升降機只有兩個按扭，一個是到剛才的大廳，一個當然是到光神的處所，其他的各層呢？

升降機不斷上升，估計來到泰臣大樓的頂樓，才停了下來。

各人走到打開的升降機門外。

四個黑袍人靜靜地盤膝坐在地上，一邊是橫斷整個空間的大黑幕。

商百威他們一聲不響，走過去坐在地上，圍成了一個小半圓，凌金兩人有樣學樣，坐了下來。

黑袍人互相間只是點首為禮，沒有交談。

跟着不斷有黑袍人乘升降機上來，淩渡宇默算一下，總共是三十六人，圍成了一個大半圓，向着長垂的大黑布幕。

一個高瘦的黑袍人站了起來，走到那一道大黑幕前，回過身來道：

「集會的時間到了！」

淩渡宇認得是阿達米亞的聲音。

阿達米亞向着黑幕道：「光神！光神！我們來了。」

黑布幕從中向左右移開。

淩渡宇伸長了頸，企盼地一看究竟。

第十章

遙世之緣

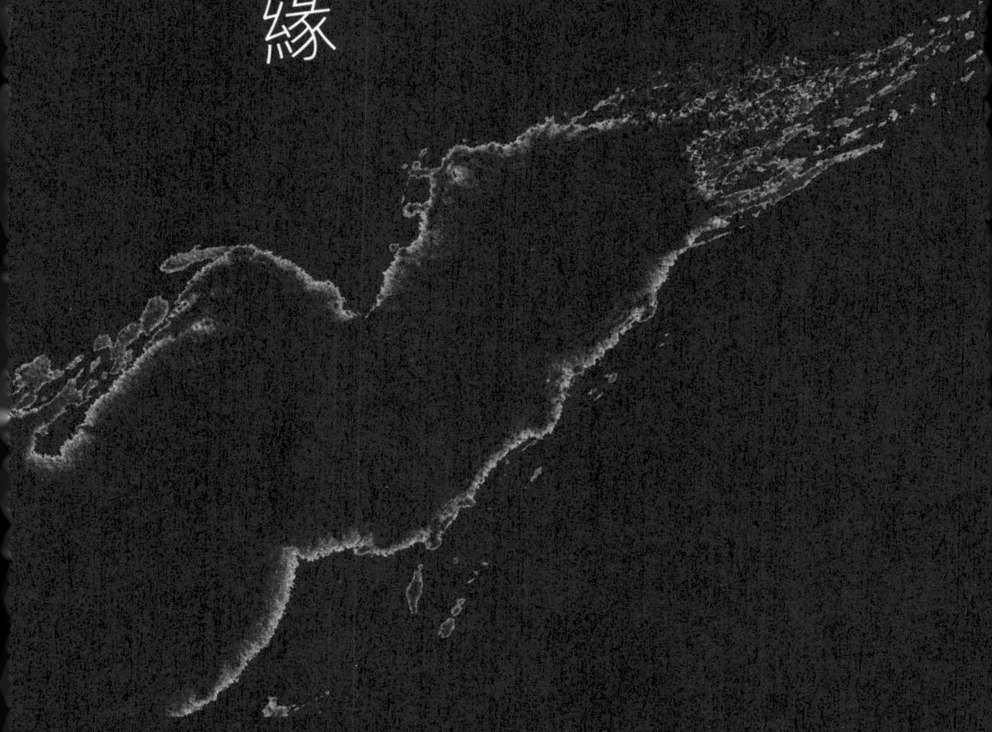

布幕後是大廳的另一半，盡頭處有一個漆黑的大鐵箱，高八呎、闊六呎、深十呎，鐵箱當中有道三呎闊、兩呎高的門，緊緊閉上，像個小房子。

這就是光神居住的神龕。

凌渡宇心中告訴自己，即使要付出生命作代價，他也要把神龕打開來，看看光神是否三頭六臂？

頭上傳來軋軋的聲響，一幅白色的大熒幕從神龕前降了下來，像電影院裏的銀幕一樣，他們成為看電影的觀眾。

四周的燈光暗下來，僅可視物。

熒幕上出現了一些奇怪的圖像和圖案，不同的色彩和形象交互變滅，有種奪人心魄的壯麗。

凌、金兩人心神全被吸引，一時忘了此行的目的，呆呆地看起來。

阿達米亞這時做了一件非常奇怪的事，他筆直走到神龕前，把神龕打了開來。門內是另一幅黑布幕，阿達米亞鑽進了布幕後。

圖像驀地化成了文字，道：「見面了，我是光神，你們忠實的僕人。」

凌、金兩人嚇了一跳，原來這一切都是由光神操縱的。

光神透過熒幕顯現文字，道：「你終於來了！」

眾黑袍人一齊愕然。

凌渡宇和金統卻是大驚失色。

熒幕的左下方打出了一行較小的字，道：「光神！我們不明白你的意思。」

凌、金兩人呆了起來，這又是誰？

熒幕上又打出一行字，道：「你的生命能達五百七十二度，比普通人平均的一百五十度高出了四百二十二度，加上我們失誤的度數，所以我推算出你一定會回來。」

眾黑袍人更是驚異。

凌渡宇完全不知道祂在說甚麼，但他的直覺卻絕不含糊地告訴他，光神知道他來了。

他望向身旁的金統，後者的手縮進袍服裏。他的手也不自覺地捏着懷內放射麻醉彈的手槍，可以不殺人，還是盡量不殺人妥當點。

泰臣叫道：「阿達米亞！請你問光神我們何時可以升空。」他還未醒悟到光神的真正意思。

熒幕的左下方又打出了一行文字，道：「光神，我們請你在升空的日期上，給我們一個指示。」

凌渡宇恍然大悟，左下方那行字是阿達米亞的話，在神龕內，不知道阿達米亞用甚麼方法來和光神作出這樣的「熒幕式對話」，但當然是有一定的理由，不解的地方是既然神龕內是光神居住的地方，現在阿達米亞又身在其內，怎會未曾見過光神的真面目？

難道龕內是另一次元的空間？只有透過熒幕才可以顯示出那空間的事物？但為何泰臣的叫聲，阿達米亞又可以聽得到？

熒幕的正中打出了幾行字，這次的字是閃動的，份外刺目，道：「愈接近升空的時間，你們的生命能便愈弱，泰臣、馬卜和紅牛三人均跌至一百度以下；不可能參與以千萬地球年計的宇宙飛行。升空取消！」最後四個字是血紅色的，在其他白色的字體襯托下，更是令人矚目。

黑袍人一陣騷動。

一個人站起來大叫道：「這是騙局！這是騙局！根本沒有光神，全是阿達米亞那小子弄出來的鬼把戲。」他一邊嚣叫，一邊向神龕走去，看他的樣子，是要把神龕打開來看。

另一個黑袍人霍地站了起來，道：「紅牛！冷靜點。」是馬卜的聲音。

紅牛一把扯去了頭罩，露出猙獰的神色和臉上的刀疤，咆哮道：「不要阻止我，否則我先殺了你。」手掌一翻，一枝黑黝黝、重火力、大口徑的手槍，指着攔路的馬卜，暴戾地笑起來道：「我已忍受夠了，每個星期都要來看熒幕上這些鬼話。」

馬卜扯去頭罩，看着紅牛手上的槍道：「這裏是光神殿，我們的教規是不准攜帶任何武器的，紅牛你犯規了。」

紅牛仰天大笑道：「鬼話！行動！」最後兩個字他是大喝出來的，眾人齊齊愕然。

三十多個黑袍人有十多個跳起來，手上都拿着手槍，指嚇着其他人。

馬卜這時才明白「行動」的意思，是紅牛通知他的同謀發動，可惜太遲了，紅牛控制了大局。

凌、金兩人也在被指嚇的人群中，意外橫生，令他兩人也有點無所適從。

芬妮扯下頭罩，垂下如雲的秀髮，走到紅牛身前道：「紅牛！你還記得是誰治好你的愛滋病，你竟然說這是騙局？」

紅牛臉上肌肉一齊震動，眼中射出兇厲的光芒，叫道：「我不管！假若不替我把飛船發動，我把你們全部幹掉。」最後幾句是怒哮出來的。

芬妮嚇得退後了幾步。

泰臣也拉下頭罩，道：「紅牛！你坐下來，讓我們和光神再作討論，只要你答應以後遵守教規，這次的過犯可以不計較。」

紅牛獰笑道：「要我相信你這老狐狸，實在是太難了。」大步向神龕走去。

芬妮尖叫一聲，向紅牛撲去，想阻止他傷害阿達米亞。

紅牛無情地回身一掌把她推開，芬妮像斷線風箏般滾倒地上。

泰臣怒喝一聲，手上已多了把手槍，瞄向紅牛。

紅牛微微一笑，手中的槍火光迸現，泰臣一聲慘叫，打着轉跌了開去，滿手都是鮮血，紅牛手上的槍足可擊斃大象，看來泰臣持槍的右手是殘廢了。

凌、金兩人留心到，這著名的兇徒反應奇快，槍法如神，絕非易與之輩。

紅牛一槍震懾全場，不屑地向馬卜道：「不是只有我們擕槍吧！」

紅牛來到神龕前，大叫道：「阿達米亞！列坦，給我滾出來！」

淩渡宇知道紅牛不敢直衝進去，是對光神仍有畏懼，顯示連他自己也不肯定這是否是一個騙局。

紅牛怒吼一聲，毅然飈前，粗暴地拉開龕門，一手扯着封閉神龕的布幕，正要發力扯下。

在場的每一個人，包括紅牛的人、其他的教徒、受傷的泰臣、倒在地上的芬妮和混水摸魚的淩渡宇和金統，一顆心都跳到口腔處，緊張地靜待謎底的揭曉。

光神究竟是怎樣的？

每一個人都想知道！

在這千鈞一髮的時候，整個大廳，黑了下來，伸手不見五指。

一道電光，劃破漆黑，使人眼目幾不能睜，詭異美麗。

紅牛慘叫起來，令人不忍卒聽。

漆黑裏，那道電光纏捲着紅牛，把他拋往大殿的半空。

吱吱聲起，電光燒着紅牛的身體疾走，不一會紅牛變成一具閃發着白光的人體，再由白轉黑，消失不見。

由於影像太強烈，紅牛體形殘留在各人腦海中的殘像，仍然纏繞不去，所以當閃電消去時，似乎仍見到紅牛發光的身子在空中慘叫掙扎。

柔和的燈光再次亮起，紅牛不留半點痕跡。

眾人目瞪口呆。

凌渡宇和金統更是心神驚震，這不是人能對抗的力量。

鐺！鐺！紅牛的同黨目睹剛才那一幕，心志被奪，有兩人手足發軟，連槍也拿不動，掉到地上去。

馬卜乘機喝道：「還不放下槍！」

紅牛的同黨心膽俱寒，紛紛把槍丟下，馬卜重新控制大局。

泰臣的臉色蒼白得怕人，芬妮為他包紮傷口，馬卜向神龕叫道：「阿達米亞！請代我們向光神致歉，並請求他指示我們，有甚麼辦法可補救。」

另一個高大的黑袍人踏前一步，拉下頭罩，露出一頭白髮，正是泰臣公司的首席科學家商百威──凌渡宇透過催眠從他身上知道飛船一事的老者。

商百威道：「阿達米亞！請你告訴光神，深入遙遠的太空，探索無盡無窮的可能性，接觸天外的文化，是人類最大的夢想和祈求，為了這個目標，我拋棄了一切，若是我們真的不能升空，不如直接殺了我吧！」他的語氣透露出一種深切的感情，使人對他說話的誠意沒有絲毫懷疑。

熒幕亮了起來，在下方，阿達米亞把兩人的話不加修飾地打出來。

熒幕立即有反應，字行不斷出現，道：「七個地球年前，我找上阿達米亞，再由他組織了你們，進行我們的計劃，當日你們平均的生命能，也是我所說的『阿達米亞指數』，在二百點以上，所以我可以帶你們回去，恢復你們的偉大和光榮，但計劃進行期間內，你們不斷發生全無意義的勾心鬥角、爭權奪利、爾虞我詐，故此『阿達米亞指數』一直下跌，兩個月前，當你們的『指數』跌破普通人平均的一百五十度時，我便要求你們給我找來世上最傑出的六個人，讓我進行生命能堅持力的試驗，但後果你們都知道，他們失敗了，失去了生命能，亦失去了人生的意義，結果全自殺了。」

馬卜失去了鎮靜，狂叫起來道：「我們又不是要作你的試驗品，生命能多少有甚麼關係？你可否解釋箇中奧妙？」

熒幕上光神又作出反應，道：「那是沒有法子解釋的，至少不能透過人類的語言解說明白。語言代表人類的經驗，超越了人類經驗的事物，語言是沒有意義的。」

凌渡宇沉吟起來，光神這幾句話含意深遠，語言是人類經驗的反映，例如在我們的字彙裏，只有七大類顏色，至於「第八種色」是甚麼？沒有人知道，也沒有語言可以去形容；就像甜、酸、苦、辣外，沒有語言去形容「第五種味道」，因為在我們的味覺經驗裏，那第五種味道根本不存在。

所以語言是人類主觀的經驗，也反應出人類的局限。

泰臣在馬卜身後叫道：「剛才你說我們之中有人達到五百七十二度，那是誰？是不是阿達米亞？他可以升空嗎？」他臉上有種絕望的神色，像位千萬富豪，剎那間傾家蕩產，變作一無所有。

淩渡宇和金統對望一眼，準備應變。泰臣等人在極度的失望裏，反應殊難預料。

熒幕上，光神說道：「阿達米亞的生命能原本高達三百二十度，這也是我找上他的原因，可惜這數年來沉醉於人類所謂的男女之情，生命能一直下降，遠不如前，所以我所指的達到五百七十二度的人，並不是他，而是你們中的另一位，以你們人類的名字來說，他叫淩渡宇。」

泰臣和馬卜失聲叫道：「甚麼？」

淩渡宇向金統打個眼色，站起身來道：「對不起！諸位，想不到本人的生命能，甚麼阿達米亞指數，要遠遠高於各位之上。」一把扯去了頭罩。

泰臣等人不能置信地望着他。

芬妮發出了一聲尖叫，道：「捉住他！」她想到現實的問題，他們已失去了光神帶來的希望，假設讓凌渡宇逃走了，他們會連在這個世界的虛榮和財富也失去。

馬卜狂叫一聲，向凌渡宇撲去。

其他黑袍人瘋狂進擊。

凌渡宇一聲長笑，手中的麻醉槍連珠放射，光神教徒紛紛倒地。

馬卜連受打擊，精神進入歇斯底里的地步，從懷中抽出手槍，向凌渡宇瞄準。

光神說的沒有錯，這班人爾虞我詐，事實上每人都帶有武器來集會，你說這算甚麼？

馬卜正要開槍，一把熟悉的聲音在他耳邊道：「老朋友！我們又見面了。」

馬卜剛認出身側的黑袍人是金統時，他的小腹已受了金統一下膝撞，後腦同時給硬物重擊，眼前一黑，昏倒過去。

金統手中的麻醉槍逢人便射，不一刻，能站立的只剩下他們兩人，黑袍人倒滿一地。

凌渡宇和金統自然地轉身望向神龕，阿達米亞在裏面寂然無聲，熒幕上一片空白。

金統怪叫一聲，向着神龕衝去。

凌渡宇大驚失色，剛叫出：「小心！」金統已衝至神龕前六、七呎的地方。

奇異的事發生了。

金統驀地全身一震，整個人彈了回來，像是碰上一道無形的力牆。

金統在地上翻滾。

凌渡宇一把抱着他。

金統跳了起來，把背後的全自動機槍轉了過來，向着神龕，瘋狂掃射起來，口中大叫道：「讓我殺死你這外星怪物！」

光神殿中充斥着「軋！軋！」的機槍聲，子彈一撞上力牆立時爆炸，密集的火力，造成一幅光雨，煞是好看。

機槍聲停下，槍彈已盡。金統一下子打完了一千多發子彈。

金統暴跳如雷，從腰間掏出兩個烈性手榴彈。

凌渡宇飛身向金統撲去，一邊叫道：「不要！」

金統剛舉起手扔出，凌渡宇已撲至把他撞倒，金統失去了準頭，手榴彈擲向右邊的牆壁。

「轟隆！轟隆！」兩聲驚天動地的爆炸，使整個光神殿充滿了火屑、碎石和煙塵。

碎石打得兩人渾身疼痛。這是最強力的手榴彈，只要一枚便足以把任何屋宇炸毀，何況是兩枚？

煙屑逐漸消去。

兩人一齊從地上抬起頭來，入目的情景，令他們目瞪口呆。

他們看見了一直搜尋不獲的宇宙飛船。

爆炸處的牆壁整個粉碎，露出黑黝黝的鋼鐵質，那是飛船的船身。

這確實是了不起的構想，把整艘飛船放在五十七層高樓大廈內的正中。

商百威說的沒錯，光神的確是住在飛船的神龕內。

就在他們的面前。

金統顯然對光神有種深切的痛恨，跳了起來，大叫道：「光神！你給我滾出來，看看你比我們優勝多少？」

凌渡宇恍然，金統是為人類的尊嚴、人類的無奈和自卑，向光神挑戰，所以失去了應有的冷靜。

凌渡宇跟在金統背後，兩人戰戰兢兢地向神龕走去，身後躺滿一地的光神教徒。

沒有人可以想像光神的下一步行動，因為祂根本不是人類。祂為甚麼要找上列坦？為甚麼要幫助人類建造飛船？為甚麼要恢復人類的高貴和偉大？為甚麼要找六個名人來試驗？為甚麼要擄走卓楚媛等人？為甚麼放過凌渡宇？

沒有人知道。

就像實驗室的白老鼠，不知道自己在幹甚麼一樣。

凌渡宇和金統安然穿過力牆，來到神龕的前面三呎處。

兩人面面相覷，一點也不明白光神為甚麼一點動靜也沒有。

金統狂叫一聲，一抓向門把拉去，左手掏出僅餘的一個手榴彈，決定見一見光神這怪物，立時投彈，好為世除害。

凌渡宇大感不妥，偏又不知問題所在，所以沒有制止金統，兼且金統行動敏捷，他要阻止也來不及。

四周光亮起來。

電光劃過空間，直擊在金統緊握的手榴彈上，金統驚呼一聲，整個人打着轉遠跌開去，身上滿佈游走不定的電芒。

凌渡宇也感到一股灼熱的氣流，令人不能呼吸，一股無可抵擋的大力，把他拖得踉蹌倒退，一連退了十多步，終於咕咚一聲坐倒地上。

一切回復平靜。

光神殿內一點聲色也沒有。

凌渡宇望向金統，後者仰跌地上，胸口不斷起伏，昏倒了。

寂靜的光神殿內只剩凌渡宇孤單一人，面對着光神棲身的神秘大神龕。

凌渡宇下了一個決定，毅然站起身來。

他緩緩把腰上綁着的子彈帶、麻醉槍、手榴彈、煙霧彈除下來，讓它們滑到地上，又將背上的全自動機槍解開，「噹！」一聲，機槍被他拋擲在地面，滑行了十多呎，才停下來。

凌渡宇完全解除了武裝。

他大步向神龕走去。

全無異樣，直到他來到神龕緊閉的門前，光神仍沒有任何反擊。

凌渡宇深吸了一口氣，像平常般把門把扭下，打開，另一隻手把掩遮的布幕拉起一半。

他終於看到其中的情景。

神龕內像個小房間，放了一套殘舊的電腦，阿達米亞坐在電腦前，全神貫注地望着熒幕。

光神在哪裏？

光神殿中的大熒幕，便是反映神龕內顯像器上的對答。阿達米亞鍵入問題，光神則在熒幕上回答。

這就是人與神的對話。

熒幕上閃動着一行字，道：「你明白了？」

凌渡宇不自覺地點頭，是的！我終於明白了，光神是不會傷害任何人的，但卻會反擊任何敵意的進攻，當凌渡宇拋開了一切的武器後，光神便讓他進入神龕內。

凌渡宇沉聲向阿達米亞道：「列坦先生！這究竟是怎麼一回事？」

阿達米亞緩緩轉過頭來，眼中有種深沉的失望，像一個人完全失去了生存的意志，他深深地望了凌渡宇一眼，低頭輕問道：「她怎麼了？」

凌渡宇知道他在問芬妮，道：「她只是中了麻醉彈，沒有事的！」

阿達米亞抬起頭來，眼中現出回憶的神情，道：「七年前，那時我是一個被譽為最有前途和出色的電腦專家……」垂下頭，嘆了一口氣，續道：「一個雷電交加的晚上，我在房中的電腦前工作，四周忽地漆黑一片，閃電劃過房內的空間，片刻後一切回復正常，但我的電腦內，已多了一位不速之客。」

凌渡宇指着神龕的電腦，道：「是這部嗎？」

阿達米亞點頭道：「是的，他透過熒幕顯示的第一句話，就是『你是阿達米亞，我是你的僕人，讓我們結合起來，回復昔日的偉大！』」

凌渡宇道：「這就是你名字『阿達米亞』的來源嗎？」

阿達米亞頹喪地道：「是的！不過一切都沒有了，光神說得對，這些年來我自己從沒有任何努力，只是坐享和企盼光神帶來的成果。」

凌渡宇道：「為甚麼你要弄個光神教出來，跟着又銷聲匿跡？」

阿達米亞道：「這是光神的指示，祂說要精選一班人，建造宇宙飛船，帶我們到一個……一個叫『宇宙的傾斜』的地方。」

凌渡宇皺眉道：「宇宙的傾斜？」若光神說要把他們帶到仙女座星雲，或是天狼星旁的一顆行星，他也絕不會奇怪，但是「宇宙的傾斜」卻令他完全摸不着頭腦。

阿達米亞續道：「我們遇上泰臣和馬卜，他們目睹了光神驚人的能力：祂可以治癒任何絕症，讓我們看到任何奇景……」

凌渡宇道：「透過那熒光幕嗎？」

阿達米亞的聲音忽地急促起來，道：「我要說快一點了，總之，我們聯合起來，共同奮鬥，為了飛往『宇宙的傾斜』，我們立誓拋棄人間的醜惡，為理想而奮鬥，在光神的指示下，我們終於建成了飛船，只是尚欠發動的燃料……豈知……」呼吸沉重。

凌渡宇訝道：「你怎麼樣了？」

阿達米亞的臉白得怕人，兩眼射出熾熱的光芒，望向神龕的頂部，似乎想透視屋頂上那無限的夜空。

阿達米亞喃喃道：「我要去！我要去……」聲音逐漸微弱，眼神轉黯，鮮血從嘴角流下來，一側身，砰的一聲倒在神龕內。

熒幕上依然閃着「你明白了？」幾個字，有種說不出的諷刺。

凌渡宇有種深沉的悲哀，阿達米亞或是列坦，已服毒死了，他完全可以理解他自殺的理由。

遠征太空，是整個人類文明的最高夢想，在這事唾手可得之時，忽然失去，那打擊不是阿達米亞所能承受得起的。

凌渡宇心中感到一股憤怒，坐在電腦前，鍵入道：「光神！光神！是否你欺騙了他們？」

熒幕上，一行字打了出來，道：「阿達米亞，你已沉淪了以千億計的年月，現在應該是醒來的時刻了。」光神以他一貫的方式反應。

凌渡宇道：「你說的話，我並不能明白，但你為甚麼叫我『阿達米亞』，他不是自殺身亡了嗎？」他開始透過鍵盤、透過電腦和光神直接對話。

光神道：「你們每一個人，都是阿達米亞，套用你們人類的意思，那是一種偉大生物的名字。」

凌渡宇迷惑萬分，連忙鍵入道：「我完全不明白你的意思。」

光神道：「人類的生命太短暫，感知的範圍只囿於一時一地，自然沒有方法明白宇宙的再生和毀滅、阿達米亞的興起和沉淪。」

凌渡宇不停地搖頭，完全迷惑了，但他直覺感到光神對他一點惡意也沒有，反而他對光神有種說不出的親切和倚賴。他一直和光神站在對立的位置，不明白為甚麼有這奇怪的感覺。

凌渡宇道：「你將楚媛他們怎樣了？」

光神道：「他們都是優質的人類，很好，不用擔心！我原本想把他們帶到宇宙的傾斜處，但我計算他們的生命能將不勝負荷，所以取消了這個行動，現在我只要求你一個人跟我去。」

凌渡宇呆了一呆，道：「甚麼？」

光神道：「這樣要你下決定，是絕對不公平的，我先給你說出來龍去脈，讓你有一個明白，然後你再作決定。以下我說出的事情，由於是遠遠超出人類的經驗，所以我將以高度簡化的意念，配合人類流行的觀念，加以解說，希望你能有這種理解。」

凌渡宇點頭表示明白，這便像人類去訓練一隻狗，無論他怎樣解說，狗也只能以牠的方式去明白，所以與其向狗兒大說哲理，反而不如幾個手勢那樣奏效。

光神正是要用簡單的手勢來使他明白。

光神道：「宇宙是會不斷毀滅和再生的。你們所說的大爆炸理論，便有些微酷似。原因當然不是你們所說的那樣。」

凌渡宇點頭表示明白。大爆炸理論是解釋宇宙中星體誕生的一種理論，說所有的天體均是來自一個宇宙級的物質大爆炸，把物質送往宇宙的角落，所以我們眼下所觀察到的星體，都是向外方遠去，所以科學家又稱我們身處的宇宙為「擴張的宇宙」。

有些科學家更大膽推論，當物質擴至某一極限時，向心的力量會大過離心的力量，物質會走回頭路，至積聚成一點，又再產生另一個大爆炸，生出另一代的宇宙。

一張一縮，猶如宇宙的呼吸。

人的呼吸只須數秒。

宇宙的呼吸卻是以億計的悠久年月。

光神續道：「阿達米亞是宇宙中最靈智的生物，在一次宇宙的毀滅前，他們想到一個方法，渡過難關，跨進新一代的宇宙去。這是從未有任何生物能達到的夢想，宇宙毀滅時，任何最強橫最長久的生命也會煙消雲散。」

「方法非常簡單，就是創造一種『工具』，或者是你們人類習慣說的『機器』，一種不會被任何力量毀滅的『能量』，當宇宙的末日來臨前，和這『能量』結合在一起，渡過大難。」

凌渡宇聽得目瞪口呆，這是如何偉大的構想，比起人類的無能為力，連地球上的地震天災也應付不了，人類真是可憐得好笑。

光神道：「於是，阿達米亞用祂的方式，經過以地球年來說的二千億個歲月，那個『機器』終於大功告成。但最不幸的事發生了，基於某一種原因，宇宙的毀滅提早來臨。」

凌渡宇訝道：「機器已製成了，還怕甚麼？」

光神道：「機器雖然製成，還需要以億計的年月，讓阿達米亞和機器合成一體，阿達米亞才能真正的不死不滅，時間已不容許祂這樣做了。」

「於是阿達米亞攜帶了祂的『機器』，來到了『宇宙的傾斜』那地方，在那裏，毀滅的力量中包含了再生的力量。」

凌渡宇愕然不解，但他知道光神正在以一些人類可以明白的意念，來解說人類不能明白的東西，便像是向人解說紅、橙、黃、綠、藍、靛、紫外的第八種顏色究竟是甚麼「色」。

光神續道：「用你們的話來說，阿達米亞和祂的『機器』『攜手』在那裏，等待宇宙的毀滅。大災難終於來臨，整個宇宙化成灰燼，阿達米亞和祂的機器，也化成『塵土』，激射往宇宙的四面八方。」

淩渡宇大奇道：「這豈非荒謬到極點，你剛才又說那機器是種不死不滅的能量體，為何又和阿達米亞一齊灰飛煙滅？」

光神並不理他，續道：「宇宙毀滅後，開始再生的過程，『阿達米亞的機器』重新在宇宙的核心處結合和成形，它只有一個使命，就是尋找『阿達米亞』的種子碎片，和祂結合在一起，應付第二個將要到來的毀滅。」

淩渡宇有點明白了，不由大口地呼吸起來。

光神道：「於是機器在廣闊無涯的宇宙進行搜索，經過了數千萬的年代，終於在七年前，發現地球上有阿達米亞生命種子衍化出的生命形式，那就是你們人類。阿達米亞的估計沒有錯，宇宙的傾斜中含有再生的力量，所以祂雖然被毀滅了，卻變成了種子。唯一的問題，就是阿達米亞和機器一齊在宇宙的傾斜處，宇宙的大災難來臨時，阿達米亞化成的種子，也含有機器的成份，這也是人類最大的敗筆。」

凌渡宇目瞪口呆，事實上他從沒有想過這問題，但細心一想，人類真的像一副機器，其實整個機器文明，人類都在模仿自己，電腦便是最具代表性的例子。

光神道：「你明白了，我便是那機器，你現在遇到的，只是由真的機器所發出的一組訊息，因為我的能量太龐大，降到地球上，會把你們的太陽系徹底毀滅，所以只能派出一組訊息，通過閃電來獲取活動的能量。」

凌渡宇幾乎是呻吟出來道：「我的天！你只是一副機器。」事實上，他現在的確是對着一副機器「說話」。

光神道：「是的！不過我和你們地球的機器不同，是有自我意識的！」

凌渡宇兩眼一翻，呻吟道：「好了！現在我明白了，你要怎樣？」

光神道：「我想邀請你乘坐這艘太空船，抵達我本體存在的星際空間，以我龐大的能量，千百倍地增強你的生命能，然後，完成我們合體的美夢，達至永生不死的境地。」

凌渡宇叫道：「為甚麼你不強擄我往天外，以你的力量，應是毫無困難的。」

光神道：「不可以，你一定要保持積極樂觀，生命能才可以保持強大，假設強迫你的話，生命能減退，旅程中你會抵受不了而死去。當日我想把你和文西兩人一同擄來，但卻發覺你的生命能竟能抵抗我的力量，若我硬要把你『攝』來，你將會死去，這也是我放過你的原因。那天我引發了你的生命能，使你經驗到深心中最渴求的事物，你仍能借助意志，逃了出去，所以我才特意藉着空間的轉移，放你逃走。」

凌渡宇道：「假設我不答應隨你走，你會怎麼做？」

光神道：「和阿達米亞結合，最唯一存在的目的和理由，我會回到我本體的棲息空間，一方面靜待回來的時刻，另一方面繼續搜尋其他的種子。」

凌渡宇心中一嘆，這是副忠心的機器，在宇宙中靜待主人的再生和復活，便像主人死後，每天仍到碼頭等候主人下班乘船回來般悲壯動人。

光神期待地望着他。

凌渡宇閉上雙目，好一會才睜開道：「那六個人為甚麼要自殺？」

光神道：「我引發了他們的生命能，使他們看到阿達米亞的偉大本質，和人類文明的失誤，當重新回復人類的形式時，他們都受不了那轉變，自殺死了。這是我不能預計的奇怪行為，就像泰臣、紅牛等人的爭權奪利，都不是我所認識的。」

凌渡宇記起那天，看到那形象後，覺得美麗的芬妮也是醜陋不堪、不忍卒睹，當下對光神所說的多了幾分明白。

光神催促道：「我等待你的決定。」

凌渡宇毅然道：「不！我不能隨你去。」

熒幕忽地變成空白，四周陷入絕對的黑暗裏，一道電光劃過漆黑的夜空。

那是最後一次見到光神。

燈光復明，凌渡宇呆坐在神龕內，列坦的屍體側倒地上，熒幕上閃動着一幅地圖，指示通往囚禁卓楚媛等人的通道。

凌渡宇收攝心神，退出神龕外。

這時，金統從地上掙扎起來，道：「怎麼了？你的臉色那麼蒼白。」

凌渡宇哂道：「你的臉色難道很好嗎？跟我來吧！我帶你去見你的好朋友。」

金統踉蹌地跟在他背後，道：「到哪裏去？」

凌渡宇停了下來，抬頭望向上方，喃喃道：「到哪裏去？」

黃易

經典・玄幻系列